Liebe auf den ersten Tango …………

Roman von
Anna Elisabeth Ludwig

ISBN-13: 9783837082326

© Herstellung und Verlag: „Books on Demand GmbH, Norderstedt"

1. Auflage 2/2009 Anna E. Ludwig

Titelbild: Anna E. Ludwig

Redaktion: Nikolas Ludwig & Anna E.Ludwig

Besuchen Sie uns im Internet www.bod.de

„*Liebe auf den ersten Tango*"

Inhaltsverzeichnis:

1. Abgestürzt

**„und was mir bleibt ist dein Gesicht und das Gefühl geteilt
zu sein, werd' ich dich jemals wieder sehen, jemals wieder
spür'n – oder war es nur der Moment?"**

In voller Lautstärke kreist die CD nun schon zum x-ten Mal ihre
Runde, ihren einzigen Zweck erfüllend, und setzt Monas
Wahnsinnsherzschmerz noch eins drauf. Rosenstolz's „der
Moment" Text könnte nicht trefflicher auf ihre Situation passen.
Sie muss weinen, schreien, das Herz sich zusammenziehen
lassen, dann wird es sich irgendwann schon beruhigen –
beruhigen??? ..... Wie denn?

„Ich wohn' im fünften Stock – runtersegeln, endlich ankommen
im Himmel des Friedens. Aber wer weiß, was da auf mich
wartet?", denkt sie leicht ironisch.

Mit dem Tango Argentino ist das schon so eine eigene
Lebensphilosophie. Es ist nicht nur ein Tanz, dessen Technik der
Tanzende beherrschen sollte, neeiin, es ist viel mehr.

Lebens- und Partnerschaftsgeschichten, Liebe, Hingabe,
Verschmelzung, Haltung, Führung, geführt werden lassen,
Enttäuschung, Trennung – all das steht in Verbindung mit diesem
Tango Argentino.

Nicht umsonst nennt man ihn den „Tanz der Herzen".

War sie deshalb so fasziniert von diesem Tanz oder weswegen?

Vor Jahren schon entdeckte Mona zufällig im Tanzcafe mitten in der Stadt schemenhaft tanzende Gestalten, melancholische Klänge, hervorgezaubert aus dem „Bandoneon", das als die „Seele des Tangos" bezeichnet wird und von dem deutschen Musiklehrer Heinrich Band um 1840 von der einfachen „Konzertina" weiterentwickelt wurde. Diese Klänge erinnerten sie an ihre Kindheit, damals als ihr Vater seinem Akkordeon mit seinen kräftigen, aber geschickten Fingern die schönsten Melodien hervorlockte. Schon damals war sie der Musik und dem Rhythmus ihres Körpers verfallen.

„Tanzen, ja tanzen, möchte ich mein Leben lang". Sie blieb eine unentdeckte Tänzerin, aber sie tanzte so oft und so intensiv, wie es ihre augenblickliche Verfassung zuließ. Dann war es, als sei sie schwerelos und mit dem Kosmos vereint.

Sie genoss manch bewundernde Blick und Bemerkungen, aber sie tanzte allein… Das sollte sich an diesem Abend ändern, beschloss Mona, als sie wie schon erwähnt hinter dem riesigen Fenster des Tanzcafes diese ganz andere Bewegungsvielfalt eines Tanzes wahrnahm.

„Wie heißt dieser Tanz und was ist das für eine herzergreifende Musik?" fragte Mona den Bandoneonspieler, der gerade eine Pause einlegte und gierig den Drink durch seine Kehle laufen ließ. Mona registrierte diese Unart mit einer hochgezogenen Augenbraue und wartete auf Antwort. „Na jaa, noch nie was von Tango-Argentino gehört? Osvaldo Pugliese, Astor Piazzolla oder Pablo Ziegler?" „Nö", erwiderte sie, begierig noch mehr darüber zu erfahren. Aber er war schweigsam, dieser Spieler und sie wohl nicht sein Typ, registrierte sie leicht säuerlich. „Tja, dann spiel schön weiter, ich werde mal die Leute hier ein bisschen interviewen". „Tu das", meinte er etwas verbindlicher.

Schnell fand Mona heraus, wo es diesen Tanz zu lernen gab. Bereits ein Anmeldeformular des örtlichen Tangovereins in der Hand schielte sie nach etwaigen Interessenten, vor allem männlichen, fand allerdings – typisch – nur eine Handvoll Frauen, die wohl dasselbe vorhatten. „Merde"…… o.k., jetzt heißt es tätig werden.…

Und wie das so ist mit guten Vorsätzen, die nicht gleich in die Tat umgesetzt werden – der Tango Argentino rutschte in die hinterste Gehirnkammer und wand sich erst nach zwei Jahren wieder ins Bewusstsein.

Es war die Zeit mit Cornelius – oh Mann, war sie verliebt in ihn. Er tanzte geschmeidig wie ein wilder Tiger, beinahe so wie sie – Es war in der Disco, wo Mona wieder mal selbst verliebt und selbst vergessen ihren Tanz tanzte. Plötzlich stand er vor ihr und ihre Bewegungen gingen ineinander über bis zum Verschmelzen.

Sie küssten sich eine Ewigkeit und ab da war es um sie geschehen.

Es war ein Genuss, mit Cornelius den Tango Argentino zu lernen. Mit Feuereifer und vielen Workshops beherrschten sie bald die Grundelemente und Mona war glücklich wie schon lange nicht mehr. Es war eine Zeit, in der alles perfekt lief. Der Job als Kulturreporterin bei dem hiesigen Wochenblatt, mit ihren Kindern, Gesundheit, Freundeskreis und Cornelius.

Doch düstere Wolken schoben sich nach einem halben Jahr über ihr Glück und mit Cornelius verlor sie auch den Tango Argentino.

Ja, sie verdrängte alles Schöne, was jemals damit verbunden war und jedes Mal, wenn sie Piazzolla Klänge vernahm, krampfte sich ihr Herz zusammen….

„Es war wohl nicht die rechte Zeit für uns, wir war'n wohl nicht bereit". Rosenstolz's Lied holte sie wieder in die Gegenwart. „Wiederholte sich da eine Geschichte?", schoss es ihr durch den hübschen Kopf. Ja, sie ist eine attraktive Frau, das hörte sie immer wieder (trotz gehöriger Selbstzweifel), auch wenn schon bald fünfzig. „Du bist die zweiterotischste Frau nach Iris Berben", schleimte ihr neulich der stadtbekannte Kabarettist Silvio ins Ohr. Aber wer hört so was trotz Schleimspur nicht gerne?

10

Es war im Sommer. Laue Nacht, Sternenhimmel, Kulturfestival, musikalische Untermalung aus allen Ecken und wie könnte es anders sein: der Tango Argentino. Die Tangoszene war inzwischen aufgeblüht und der Tanz breitete sich wie ein Virus über den Globus und auch in Monas Stadt aus. Der Tanz, der einen, wenn es ihn mal gepackt hat, nicht mehr loslässt. Die Faszination geht sicher auch davon aus, dass der Tango Sinnlichkeit, Leidenschaft, Hingabe, Erotik und nicht zuletzt Bewegungsfreude erweckt.

In seiner über hundertjährigen Geschichte findet man seine Wurzeln in Buenos Aires, der argentinischen Metropole. Damals als Europa am Rande des wirtschaftlichen Ruins war, suchten Millionen europäische Auswanderer ihr Glück auf dem lateinamerikanischen Kontinent. Doch der erhoffte Reichtum blieb aus. Es machte sich Not, Einsamkeit und Verzweiflung breit. Von all den Hoffnungen ist nur eins geblieben: der Tango Argentino, ein leicht anrüchig wirkender Tanz, in dem sich die Machos auf Tuchfühlung mit den wenigen Frauen stark, furchtlos, traurig und einsam auf dem Parkett ausdrücken konnten. Nur einer hat es geschafft, als mittelloser Junge aus dem Nichts zu Glanz und Ruhm zu gelangen. Carlos Cardel, 1890 in Toulouse geboren, hat den Tango über Schallplatten, Filme und

Auftritte der ganzen Welt als argentinisches Kulturgut überbracht.

Er gilt als die wichtigste Persönlichkeit des Tangos in der ersten Hälfte des 20. Jahrhunderts.

Eindeutig ist das Rollenspiel beim Tango. Der Mann übernimmt die Führung, die Frau reagiert sensibel und abwartend auf die feinen Führungsimpulse ihres Partners.

Zwischen den Tanzenden kann sich in der Umarmung (Abrazo) eine zarte Sinnlichkeit entwickeln, die das Tanzpaar magisch verbindet. Allein durch die Körperhaltung, die das Zentrum des Tangos ist, vermittelt das Paar den ihm eigenen Stil. Eine aufrechte, elegante Körperhaltung beim Tanz mit einer totalen Hingabe zur Musik und den Partner, strahlt mehr aus, als technisch perfekte Glanzleistungen.

Dieser Zauber fing Mona wieder ein und ein wehmütig schmerzliches Gefühl durchzog ihren wohlgeformten Körper.

„Es ist unerträglich, jetzt könnte ich so tanzen wie all die Menschen hier. Ich Idiotin hab's aufgegeben – ich Idiotin…ich Idiotin…… Dieser Impuls war stark genug, um aktiv zu werden. Und plötzlich leuchteten ihr von allen Litfasssäulen der Stadt Tango Argentino Plakate ins Gesicht. Kursangebote ohne Ende….. und sie fand ihren Tangolehrer!

Bernard, eine südländische Ausgabe des Schauspielers Gerard Depardieu, fand sie, war Unternehmer, der sich ebenfalls dem Tango verschrieben hat und als ausgezeichneter Lehrer galt. „Nichts wie hin", war Monas erster Gedankenblitz und neben Kursabenden deckte sie sich mit Privatstunden bei ihm ein, um erstmal das bereits Gelernte aufzufrischen. „Oh-oh, es gibt viel zu tun", stellte Mona nach der ersten Übungsstunde fest und sie erinnerte sich an den Film „Tango Lesson", wo die Protagonistin auch der Meinung war, na ja, ein paar Tanzstunden und es wird schon laufen. Je mehr Mona tanzte, wiederholte, übte, kam sie zu der Überzeugung, dass der Tango eine Lebesaufgabe sei – wirklich, eine Lebensaufgabe. „Entweder du bleibst dabei und setzt deine ganze Energie in diesen Tanz oder du gibst auf", meinte Bernard, indem er genüsslich an seiner Zigarette zog. „Ich gebe nicht mehr auf", setzte sie sich in den Kopf „und mein Ziel ist, bis in einem Jahr eine der besseren Tänzerinnen zu sein, nie mehr Angst vor einem guten Tänzer, der einem auffordert und man verkrampft sich bis zum geht nicht mehr und hofft, nur einigermaßen seinen Schritten standhalten zu können….", was für Gefüüühle – no fun – only stress…."
Es nahte sich der Sommernachtsball im Museumspalast.
„Endlich, endlich kann ich mal testen, was ich so drauf hab".

Mit Gelfrisur und schwarzem langem Kleid, Netzstrümpfen und den heiß ersehnten Tangopumps aus Buenos Aires, schritt Mona erhobenen Hauptes den Eingang zur Veranda entlang. Daniel konnte seinen Blick nicht von ihr lassen.

Er war zwar in Begleitung, aber er wusste, „mit dieser Frau möchte ich heute noch tanzen". Die Stimmung war traumhaft, laue Sommernacht, Live Musik, gut gelaunte Menschen.

Mona war glücklich an diesem Abend. Viele Tänzer forderten sie auf, was nicht so selbstverständlich in der Tangoszene ist. Jeder tanzte mit dem ihm eigenen Stil und endlich war es ein Vergnügen für sie, zu folgen, Molinettes (Mühlen) zu drehen, Voleos (Lufthaken) und Sacadas (Hebelbewegungen) auszuprobieren. Als sie später in Gedanken versunken, an einem Glas Rotwein nippend, den Paaren auf der Tanzfläche zuschaute und fand, dass es wirklich wunderbar ist, wie verschieden sich doch jedes Paar miteinander bewegt, stand er plötzlich neben ihr. Dieser eher zierliche, gut aussehende Mann. „Darf ich bitten?" Mit dieser Aufforderung bewegte er elegant seinen Arm in Richtung ihrer Hand und sie konnte nichts anderes, als „ja, natürlich" zu antworten. Es war ein temperamentvoller, atemberaubender Tanz. Er zauberte mit ihr Figuren auf die Tanzfläche, dass sie selbst nur staunen konnte, wie das möglich sei. „Ich kann wirklich gut tanzen, wenn der Mann gut führt", blitzte erneut die Erkenntnis in ihr auf. Mit einem überschwänglichen Kuss auf die Wange, als Zeichen ihrer Begeisterung, bedankte sich Mona bei Daniel, der sich natürlich vor dem Tanz höflich vorstellte.

„Ach war das eine wunderbare Tangonacht", fand Mona und sie fiel glücklich auf ihre Doppelmatratze, die ohne Lattenrost auf dem Boden lag...... Sie überlegte nämlich zuweilen, warum sie sich nicht endlich ein ordentliches, richtiges Bettgestell kaufte. „Ganz einfach, ich liege eben gerne auf dem Boden...". Ob das wohl eine tiefer greifende Erkenntnis war??

„Doch eines Tages warst du hier, hast mein Leben auf den Kopf gestellt und ich war ein Teil von dir"
Zum dritten Mal und es kann nicht oft genug sein, ließ Mona die eben erstandene CD laufen. „Woher weiß die Sängerin, dass es mir genauso geht?? Ganz genauso!! Und ich bin immer noch ein Teil von ihm und fühle mich, als ob ich nur noch ein halbes Herz hätte. Wie lange geht denn dieser Schmerz noch? Es war doch nur so kurz – eine Geschichte, die zwei Wochen lang dauerte.... oh mein Gott, was hab' ich verbrochen, dass ich so tief unten bin.... so unten? „

Mit meditieren und positiven Affirmationen hielt sie sich die Tage über Wasser, mit Freundinnen besuchen und ihren erwachsenen Söhnen zusammen sein. Dabei erfuhr sie so beiläufig, dass bei ihrem Sohn André eine Freundin Einzug hielt. Mit ihr und den zwei Katzen schien er grad ganz glücklich zu sein…..das hörte sich doch gut an.

„Und wer küsst mich? Kein Hund, keine Katze, kein Tangotänzer", dachte Mona und badete in Selbstmitleid.

Die Arbeit in der Firma ging so recht und schlecht von der Hand und jedes Mal, wenn an der Menüleiste das gelbe Kuvert (sie haben Post) aufleuchtete, durchfuhr es sie wie ein Blitz von oben nach unten, dass ER es sein könnte und sein Schweigen endlich bricht.

Aber warte niemals mit voller Sehnsucht auf etwas, denn dann bekommst du es garantiert nicht !!!

Sag einfach JA zu deiner Situation – egal, ob sie dir gefällt oder nicht. „Na ja, wenn's weiter nichts ist", denkt Mona und überlegt, wie alles so weitergegangen ist in der Tangoszene und damit auch in ihrem Leben.

Es folgte die Zeit der „Anzeigen" in der überregionalen Tageszeitung.

Inzwischen war es Herbst geworden. Mona wechselte aus praktischen Gründen den Tanzlehrer. Sie pendelte jetzt von Wohnung zu Tanzstudio mit dem Bus und war auf keinen Chauffeur oder Taxi angewiesen. Mit Ursula und Hannes hatte sie eine gute Wahl getroffen. Das Tanzlehrerpaar legte großen Wert auf präzise Technik und immer wieder Technik. Mit ihrem lockeren Unterrichtsstil machte das Lernen noch mehr Spaß. Inzwischen übte Mona in der Mittelstufe. Endlich durfte sie in die heiß ersehnte Welt der Ganchos (Beinhaken), Circulos (Kreise), Sacadas (Hebelbewegungen) und Voleos (Lufthaken) einsteigen.

Valse und Milonga, die Vorläuferin des Tango Argentinos, welche Lebensfreude und Geselligkeit widerspiegelt, standen auf dem Programm.

Mona hoffte immer noch, auf einen Tänzer zu treffen, mit dem sie so tanzen kann, wie sie sich den Tango Argentino immer vorstellte. Vertrauen, Hingabe, sich fallenlassen, gerne führen und sich nicht drängen lassen, ein guter Mundgeruch und angenehmes Körperfeeling. „Ehrlich gesagt, alles ist schon da gewesen, vom ständig Kaugummi kauenden Anfänger bis zum ewig nörgelnden oder zerrenden Partner….., abgesehen von diesen Exoten, gab es viele liebens- und tanzenswerte Männer. Endlich, das Wochenende war da und Mona blätterte voller Ungeduld in der Rubrik: Freizeit-Bekanntschaften. Sie las: *„Herzenswunsch: welcher Tangotänzer – Mittelstufe – ca. 1,80 groß, bis 49 J. möchte mit mir leidenschaftlich durch die kühle Jahreszeit tanzen? "* Um das ganze zu forcieren, gab sie ihre

Mobiltelefonnummer an, was eher keine so gute Idee war. In ihrem Lieblingscafe schmunzelte sie bei Capuccino und Schokocroissant über den gelungenen Text und war sehr, sehr gespannt, wann sich der erste Interessent melden würde. Gerade, als sie sich beinahe die Zungenspitze vom zu heißen Capuccino verbrannte, surrte ihr Handy und der erste Anwärter war bereits zu hören. „Hallo hier ist Marco, ich rufe auf die Anzeige Tangotänzer gesucht, an", hörte sie eine wahnsinnserotische Stimme flüstern. Im ersten Moment schoss ihr durch den Kopf „ der kann gar kein Tangotänzer sein" und im zweiten wartete sie auf weitere Ausführungen. Sie tauschten einige optische Fakten aus.

Auf die Frage, ob er Piazzolla mag, und in dem Moment, als er länger als üblich überlegte, war ihr klar, dass er weder ein Tangotänzer war, noch einen Schimmer von Tangomusik hatte. ER gestand, und das haute sie aus den Socken, er gestand, dass er in der Begleitservicebranche tätig ist und gerne jemand zur Freizeitgestaltung kennen lernen möchte…. „Ja, hast du da nicht genügend Auswahl, ich meine, wozu auf eine Anzeige antworten, noch dazu auf eine Tangotänzer gesucht, Anzeige???" meinte Mona ziemlich irritiert.

„Man muss geschäftliches und privates trennen", meinte er bestimmt.

In Monas Hirn arbeitete es auf Hochtouren. Allerdings faszinierte sie seine Stimme, seine Art zu sprechen und alles was noch so zwischen den Zeilen stand, dass sie das Gespräch auch nicht beenden wollte. „Hör mal, wir können uns länger über's Festnetz unterhalten. Ich bin am Abend wieder zu Hause und wenn du möchtest, gebe ich dir meine Nummer."

Diesen Vorschlag nahm er offensichtlich gerne an.

An diesem Tag gab es etliche Anrufe – und wie Mona feststellen musste, war das Wort „leidenschaftlich" das hervorragendste und unter all den Anrufern war nicht ein einziger Tangotänzer dabei.

Doch, …. einen Tag später meldete sich noch einer. Allerdings ein Anfänger und sorry, Anfängerin bin ich nun wirklich nicht mehr….

Marco entpuppte sich als der liebenswürdigste Mann schlechthin und es entwickelte sich eine außergewöhnliche Telefon- und Mailfreundschaft, die allerdings sehr erotisch durchwebt war. Monas Fantasie lief aus dem Ruder. Wie es wohl wäre, mit einem Loverboy ein Verhältnis zu haben. Ob er wohl alles so draufhat, dass es nur noch orgiastische Feste gab? Und während mancher Gespräche war nicht nur ihr Ohr heiß und die Zunge feucht. „Oh weija-, diesen Mann möchte ich kennen lernen".

„Dann ist er eben kein Tangotänzer, ich meine, der Tango läuft mir nicht weg und einen Tänzer finde ich allemal. Es ist halt nicht der Tänzer, der für mich bestimmt ist."

Marco war verreist. Für Mona war es wie ein halbe Ewigkeit und Sehnsucht machte sich breit. Endlich das Mail, sein Stimme am Telefon.

Neulich erwischte er sie in der Umkleidekabine und es lässt sich vorstellen, wie das Gespräch ausgegangen ist. „Das geht sich nicht aus", war übrigens ein Lieblingssatz von ihm und da fiel ihr wieder ein, dass er einen Hauch von österreichisch in seinem Akzent hatte und sie liebte diesen Akzent bei ihm. Nach Wochen des sich Kennenlernens, sich Annäherns und wieder Wegrückens kam Monas Geburtstag. Jedes Jahr ein besonderes Ereignis, aber in diesem Jahr erlebte sie die Krönung, denn es stellte sich heraus, dass Marco am selben Tag geboren war, allerdings etliche Jahr nach ihrer Zeit, doch er liebte reifere Frauen und für beide war's der Wahnsinn und nun wirklich ein Grund, um sich bald zu treffen.

Endlich, endlich war es so weit.

Mona kleidete sich neu ein und fühlte sich gut in ihrem grauen Nadelstreifenanzug. „Leider ein paar Pfunde zuviel", registrierte sie vor dem Spiegel, „aber egal". Die Vorfreude auf diesen Typen, der als Erkennungszeichen eine Tüte Cornflakes mitbringen wollte, war unbändig. Als sie sich gegenüberstanden, in einem Moment der so ganz anders in ihrer Vision ablief, war es Sympathie auf den ersten Blick und Marco sah noch dazu blendend aus. Sie hatten viel Spaß miteinander, aßen und tranken in einem eher noblen Restaurant, was ihm gar nicht so recht war. Später stöberten sie im Buchladen um die Ecke und suchten nach den „elf Minuten" von Coelho, denn ein Erotikmann muss diesen Schmöker zumindest gesehen haben, fand Mona.

Er fühlte sich wohl in ihrer Wohnung und fiel nicht über sie her oder verführte sie nach allen Regeln der Kunst. Nein, er ließ sich von ihr verführen. Sanft und zärtlich, einfach wunderbar verlief der restliche Tag, der für Mona viel zu kurz war.

„Das schönste Geburtstagsgeschenk, seit langem", träumte sie noch, als er schon wieder Richtung Heimat düste.

War es die Entfernung, war es ihre Leidenschaft für den Tango oder einfach nur zu wenig Gemeinsamkeiten, warum er nicht mehr kam?

Im Januar entschuldigte er sich mit allen möglichen Erklärungen für die lange Sendepause und unterbreitete den Vorschlag, sich mal auf ein Wochenende zu treffen. Aber da war sie für ihn schon verloren.

Marco hörte Mona am anderen Ende der Leitung sagen: „du, Marco, stell dir vor, ich hab' jetzt meinen Tangotänzer".

„Damit hätte ich jetzt am allerwenigsten gerechnet, am allerwenigsten", flüsterte er merklich betroffen in den Hörer. „Sorry, aber du hattest dich zurückgezogen und außerdem kommt die Liebe wann sie will. Vielleicht können wir uns jedes Jahr zum Geburtstag treffen?" Mona versuchte, ihm noch entgegenzukommen. „Ja, vielleicht", hörte sie Marco antworten….

„Die Liebe kommt wann sie will und sie geht, wann sie will", Mona, merk dir das ein für allemal.

Trotzdem konnte sie mit diesem schlauen Spruch ihre Tränen nicht stillen.

2. Der Moment

„doch dann kam der Tag für dich und deine Welt und ich fand nicht mehr zu mir zurück und was mir bleibt ist dein Gesicht und das Gefühl geteilt zu sein".

„Jetzt weiß ich wieder, wie es ist, geteilt zu sein, und seine Hälfte zu vermissen, einfach ohnmächtig zu sein und sich selbst wieder zum ganzen Menschen denken zu müssen".

Mona wollte ihm, der grade ihr Herz gebrochen hatte, die CD zum Abschied schenken und ihm das Lied Nummer sechs widmen, eben dieses „Moment" Lied. Sie überlegte es sich doch anders, denn sie war sich nicht sicher, ob er es so verstand, wie sie es meinte?

Das Jahr neigte sich dem Ende. Der Tango Argentino nahm gedanklich und zeitlich immer mehr Raum in ihr ein und der sehnlichste Wunsch, endlich mit dem „richtigen" Partner zu tanzen breitete sich in ihrem Herzen aus. Mit Hingabe an die Musik, den Tanz, den Partner und sich selbst. Ja, so stellte sie sich das Tanzfeeling vor.

„Pfeif auf die Moneten", irgendwann klappt es bestimmt mit einer Anzeige und kurz vor Weihnachten setzte sie folgenden Text unter der nämlichen Rubrik ein:

„Welcher Tango-Argentino Tänzer, Mittelstufe, bis 50 Jahre, ca. 1,80, tanzt mit mir ins Neue Jahr?"

Diesmal gab sie wohlweislich ihre E-Mail Adresse an.

„Kurz und bündig, ohne Erotiktouch, ja genau, so passt es",
geisterte es durch ihren Kopf. „Allerdings, ich gebe zu, ziemlich
langweilig". Und genauso langweilig wie ihre Anzeige, war
auch die Resonanz. Nämlich gleich Null.

Einige Tage später erhielt sie die E-Mail eines 54jährigen, 1,69
großen Bajuwaren, dessen Schreibstil schon bei Mona erfolglos
war. Höflichkeitshalber meldete sie sich, allerdings so spät, dass
man sich über die Weihnachtstage nicht austauschen konnte und
kurz vor Sylvester war es eben zu kurz, fand sie. Als sie auch
noch am Telefon den Satz „schau mer mal", hörte (sie hasste
diesen viel zitierten Spruch), da war es für sie klar. „Es tut mir
leid Joachim, aber ich habe inzwischen schon jemand gefunden.
Ich wünsche dir trotzdem einen guten Start ins neue Jahr ……
und…..vielen Dank für dein Interesse…" Ganz schön gemein,
aber mehr brachte sie nicht über die Lippen.

Eine kleine Notlüge eben.

„O.k" beschloss Mona, dann feiere ich eben dieses Jahr alleine.
Die Kids sind bereits verplant, der Freundeskreis unterwegs und
ich blöde Kuh sag auch noch allen: „dieses Jahr tanze ich Tango
an Sylvester!!"

Doch es wurde so ganz ungeplant ein wunderbarer
Neujahrsanfang. Gerade als sie sich mit einer Flasche Sekt,

Snacks und Marzipan versorgt in ihre Decke kuschelte, kam der Anruf ihres Ältesten. „Mum, wir wollen dich zum Fondue einladen, wie wär's?" „Da sag ich gerne ja", erwiderte sie freudig überrascht und ihre Laune stieg um einiges. Es wurde ein ausgesprochen gemütlicher Abend mit ihrer Familie.

Später landete sie in ihrer Disco und sie tanzte selbstvergessen ins neue Jahr. So wie es eben bis jetzt immer war – sie tanzt allein durch's Leben…

Es folgten einige Tango-Tanzereignisse, die ihre Stilsicherheit festigten, sie lernte Menschen kennen und vertiefte den Kontakt mit ihrer Tangogruppe.

Außerdem hatte sie einen heißen Flirt mit einem gut aussehenden Afrobrasilianer, der nicht mal halb so alt wie sie war. „Das Leben ist zum genießen da", war ihr Vorsatz für die nächste Zeit. Paolo wollte sie unbedingt wieder sehen, aber Mona schlich sich mitten in der Nacht aus der chaotischen Wohnung, hinterließ nur ihren Duft und fuhr nach Hause in ihr Nest, in dem sie sich auf ihre am Boden liegenden Matratzen fallen ließ und vom Tango Argentino, ihrem Tangotänzer und der wahren Liebe träumte.

„Der Moment"   von Rosenstolz

„Wo ich war, das weiß ich jetzt nicht mehr genau, weiß nur eines Tages warst du hier. Hast mein Leben völlig auf den Kopf gestellt und ich war ein kleines Stück von dir. Doch dann kam der Tag für dich und deine Welt und ich fand nicht mehr zu mir zurück…
Und was mir bleibt ist dein Gesicht und das Gefühl geteilt zu sein. Will ich dich jemals wieder seh'n, jemals wieder spür'n oder war es nur der Moment?
Wie viel Zeit inzwischen wohl vergangen ist, wie viel Angst und wie viel Einsamkeit, nur das meine Welt ein wenig reicher ist oder leer, wir war'n wohl nicht bereit? Vielleicht war's einfach nicht die rechte Zeit für uns, mag sein ich finde bald zu mir zurück.
Und was mir bleibt ist dein Gesicht und das Gefühl geteilt zu sein.
Will ich dich jemals wieder seh'n, jemals wiederspür'n oder war es nur der Moment?"

Seit drei Wochen befindet sich Mona in einem Gefühlszustand, der nicht mit Worten zu beschreiben ist.

Himmelhochjauchzendem Glück folgte abgrundtiefer Schmerz.

Es gibt nichts dazwischen, nur die Extreme. Sie ist ihrer Gefühle nicht mehr Herr, findet nicht die Mitte, um die sie täglich ringt.

Ihre Gedanken kreisen wie im Karussell, das nicht zum Stillstand kommt. In ihr hat sich eine Fassungslosigkeit breit gemacht, die nach einer Antwort schreit und die ausbleibt.

„Sie beruhigt sich, wie wenn man ein kleines Kind, das sich das
Knie aufgeschlagen hat, beruhigt, „es wird alles gut, es wird alles
gut".....

Der Tangotänzer:

„ich wünschte, wir wären uns nie begegnet,

ich wünschte, wir hätten uns nie geküsst,

ich wünschte, wir hätten nie den Tanz getanzt,

der nichts mehr so sein ließ, wie es einmal war,

ich wünschte, der Tanz würde nie enden,

dann hätte alles einen Sinn......

3. Wie es begann

Es war die beste Zeit seit langem. Schon vor der Weihnachtszeit
brachten die Tage unentwegt Gutes zum Vorschein, sei es sich
mit netten Menschen treffen, Überraschungsgeschenke,
Überraschungs-Besuche, Spaß im Job und vor allem Spaß beim
Tango. Mal davon abgesehen, dass sich der Sylvester-Tango-
Mann nicht einfinden wollte. Mona war oft mit ihrer Tangoclique
unterwegs, um sich in der Szene umzuschauen, abzuchecken, wo
sind Stimmung, das Ambiente, die Musik, die Menschen
anziehend. Sie fühlte sich fast wie zu einer großen Familie
zugehörig. Mona klärte während der vergangenen Monate

psychologische Verstrickungen, um sich selbst zu finden, zu
versöhnen, zu vergeben, wo noch Spuren von Groll und
Missempfindungen da waren.

Zum ersten Mal seit langem fühlte sie sich leicht, frei, nicht
unbedingt glücklich, aber stimmig mit einer freudigen
Grundtendenz.

Sie war wieder mal unterwegs mit ihrer Clique zu einem
Tangotee-Nachmittag. Auf dem Weg in die Landeshauptstadt gab
es schon jede Menge Spaß und Kuchen für die Sonntagsgelüste.
„Wow, ist das eine gigantische Villa", staunte sie mit offenem
Mund. „He, Klappe zu", meinte Hannes, ihr Tangolehrer
spitzbübisch, „warte erst mal, bis wir drinnen sind". Es erübrigt
sich eine Beschreibung. Das Haus inmitten eines romantisch-
italienischen Gartens hatte es ihr angetan. „Und wir dürfen hier
auch noch Tango tanzen, Mann, was für ein Omen", entfuhr
es ihr, ohne dass sie sich über diesen inhaltsschweren Satz nähere
Gedanken machte. An ihr Ohr drang schon der unverwechselbare
„Tangosound" und in dem hellen bistroähnlichen Raum, duftete
es herrlich nach Cafe und frisch Gebackenem.

Flink wechselte sie ihre Schuhe, kramte nach Kleingeld und ließ
sich mit einem umwerfenden Lächeln Cafe von Lucia, der netten
Serviererin in die Tasse gießen. „Danke sehr" und im
Vorbeigehen schenkte sie auch dem gut aussehenden, optisch

etwas aus der Reihe tanzenden Mann, ihr Lächeln und einen verschmitzten Blick. „Ob der wohl auch zu den Tangoleuten gehört", fragte sich Mona insgeheim und hoffte es sehr!

Mona schnappte sich Victor, einen charmanten Tänzer, dessen Tanz sich viel versprechend anfühlte. Obwohl er Anfänger war, machte es Spaß, sich von ihm führen zu lassen. „Schade, dass er noch so jung ist", dachte sie sich, „der könnte mir gefallen".…

Sie wechselte ihre Tanzpartner, die eine Bandbreite von super bis na ja, boten. Aber vor allem war es unterhaltsam und vergnüglich und „lernen kann ich immer was" stellte sie für sich fest.

Mona stand eine Weile am Türrahmen, um die Szenerie von außen zu beobachten und einer plötzlichen inneren Eingebung folgend steuerte sie auf IHN zu, als ob sein Blick sie magisch anziehen würde.

„Tanzt du mit mir"? was Originelleres fiel ihr in diesem Moment nicht ein, als er bereits mit einem Kopfnicken der Aufforderung folgte und vor ihr stand.

„Hallo, ich bin Mona", sie schaute ihm fragend in die Augen.

„Und ich bin Julius", erwiderte er lächelnd.

Sie standen voreinander, betasteten ihre Hände flüchtig, bis sie ihren Platz hatten. Ihr linker Arm lag leicht auf seinem rechten, ihre Hand mit einem sanften Druck an seinem Oberarm. Ihre rechte Hand griff nicht nach seiner, nein, sie bot ihm nur ihre

Handfläche, die ganz leicht seine Handfläche berührte. Sie hielten Kontakt mit Distanz, dass es sich so leicht und frei anfühlte, so leicht und frei, dass es in ihren Tanz überging und sie dabei begleitete. Das an sich Herantasten wurde abgelöst von einer nie gekannten Vertrautheit.

Zwei Körper näherten sich beim Tanz und begannen ein Spiel, das längst schon gespielt war. Ein Tanz, der längst schon getanzt wurde – der Tanz der Liebenden. Einfühlsam und sanft entwickelten sie die ihnen eigenen Bewegungen und voller Hingabe ließ Mona sich führen.

„Er ist ein sehr guter Tänzer", stellte sie erfreut fest. Ihre linke Hand glitt zuweilen von seiner Schulter zum Oberarm, wenn er sie in die Rückwärtsochos (Achterkehren, einer der elementaren Frauenschritte), führte, so dass ihm ein wohliger Schauer über den Rücken lief. Er spürte ihre Stirn und ihr Haar an seiner Wange, ihr Duft stieg ihm in die Nase und er musste an sich halten, um nicht die Grenze zu überschreiten, denn noch war es nicht so weit, in die Kinesphäre des anderen zu treten.

Als auch noch Piazzollas „Soledad" (Einsamkeit), eines ihrer Lieblingslieder, ertönte, war das Szenarium perfekt… Julius und Mona erlebten ein knisterndes Ineinanderspiel zweier Körper. Mona dachte nicht mehr, sie fühlte nur noch und was sie fühlte, war wunderbar, es waren nicht nur zwei Körper, die wie ein

Musikinstrument aufeinander abgestimmt tanzten, es kam da noch etwas hinzu, etwas Unerklärliches, Unbeschreibliches…..

„Ja, ich weiß es jetzt": es sind unsere Seelen – genau, unsere Seelen, die in diesem Moment eine Einheit sind, sich ineinander verweben und unsere Körper dirigieren".

„Wie wunderbar", konnte sie nur denken. So lange musste ich warten, um endlich diesen Tanz erleben zu können". Es gab nur noch ihn und sie – was für ein magischer Augenblick. „Schön, dass du heute da bist", sagte sie nach einigen Tanzrunden zu Julius. „Ja, das finde ich auch", erwiderte er mit seinem offenem Blick und herrlichem Lächeln, bei dem sich ein Grübchen in der Wange zeigte.

Er begleitete sie in den anderen Raum und sie tauschten sich aus über Tangolehrer, Örtlichkeiten und Veranstaltungen. Dabei stellten sie fest, dass beide zum ersten Mal in dieser Villa, von der ein bestimmter Zauber ausgeht, sind. „Sag mal, Julius, hast du schon eine feste Tanzpartnerin", fragte Mona ihn nach einer Weile.

„Nein, hab ich nicht und du?" „Ich auch nicht", meinte sie und setzte zur nächsten Bemerkung an. „Weißt du, ich finde es schön, jemand zu kennen, der gut mit einem tanzt und mit dem man üben oder auf bestimmte Veranstaltungen gehen kann, was denkst du? „Ja, da wäre zum Beispiel der erste Sonntag im

Februar", erwiderte er spontan. „Wenn du Lust hast, gehen wir zusammen auf den Ball „die Nacht wird zum Tango" im großen Theater".

„Mmh, mal überlegen, ich glaube an dem Wochenende bin ich schon auf einem Tangoball, allerdings am Samstag. Warum nicht auf zwei Bälle gehen?" „Ja gerne, …. ich komme gerne mit", erwiderte sie freudig überrascht, dass sich gleich eine Verbindung anbahnte, die so ohne Hintergedanken und wenn und aber erfolgte.

Sie tauschten ihre Nummern aus und er schrieb seine Mailadresse in ihr pinkfarbenes Notizbuch…. Bevor der Tangonachmittag zu Ende ging, tanzten sie noch einmal, als ob sie schon ihr ganzes Leben miteinander getanzt hätten. So als ob es nichts anderes gäbe, als ihn und sie ….. und den Tango Argentino. Beim Auseinandergehen rief ihr Julius zu: „ich ruf dich an", dann war er bereits um die Ecke verschwunden. Mona war nach langem wieder glücklich. Zu all den positiven Gefühlen, die wir bereits aufgezählt hatten, spürte sie auch noch dieses irrsinnige Glücksgefühl.

„Dieser Tag war der beste seit langem, wirklich der beste", lächelte sie auf der Heimfahrt in sich hinein und fand in dieser Nacht lange keinen Schlaf. Noch ahnte sie nicht, dass das der Beginn vieler schlafloser Nächte sein würde…..vieler…..

Es fühlte sich an wie der Grashalm, der zärtlich vom Wind geschaukelt wird. Wie eine Welle, die sich sanft kräuselt und zischt. Wie ein winziger Sonnenstrahl, der auf deiner Nase kitzelt. Wie der Hof um den Mond, der mit seinem sanften Schimmer in dein Bett leuchtet. Wie wenn sich die Tür zu deinem Herzen plötzlich öffnet und von Licht überflutet wird – so fühlte sich alles an, was mit ihm und dem Tanz verbunden war. Mona betrachtete es als Wunder, als Fügung und ihr fiel der Brief wieder ein, den sie vor ein paar Tagen an einen imaginären Geliebten schrieb:

4. Brief an einen imaginären Geliebten

Mein Geliebter
es ist so schön, dass wir uns begegnet sind, denn ich habe lange auf dich gewartet. Auch wenn ich ein wenig Angst vor diesen einschneidenden Veränderungen habe, so weiß ich doch, dass es nun mein Weg ist, mit dir ein Stück weit zu gehen, ein Weg, der voller Überraschungen sein wird. Und dass du auch noch ein Tänzer bist, macht mein Glück perfekt!
Du siehst wunderbar aus und ich habe beim ersten Sehen gedacht: „Wow, der ist wie für dich geschaffen – deine Ausstrahlung, dein Charme und deine Liebenswürdigkeit. Ich fühle mich so wohl in deiner Nähe und möchte gar nicht mehr von deiner Seite weichen. Es ist wie ein Magnet, der mich anzieht. Jeder Tag ist noch ein bisschen schöner als vorher, seit ich dich kenne und ich hoffe so sehr, dass es auch für dich so ist!

Ich umarme und küsse dich
Deine Mona

Mona legte den Brief vorsichtig in ihr gold-orangenes Tagebuch und war tief bewegt und dankbar.

Keiner würde ihr wohl glauben, dass sie diesen Brief vor ihrer Begegnung mit Julius geschrieben hat. Sie konnte es ja selbst kaum glauben. Auch Angst mischte sich zu ihren guten Gefühlen. Die Angst, dass alles nur ein schöner Traum ist, eine riesige Seifenblase, die jeden Moment wieder zerplatzt oder sonst eine Fantasie.

Ruhelos wälzte sie sich hin und her auf ihren heimatlosen Matratzen und fiel weit nach Mitternacht in ihren meist unruhigen Schlaf.

5. Traumatisiert....

Auf dem Weg nach Hause – Monas erster Arbeitstag nach zehn freien Tagen, fiel ihr dieses Wort ein – traumatisiert -. „Endlich hab' ich es, ja genau, das ist der treffende Ausdruck für meinen desolaten Zustand", geisterte es in ihrem Gehirn ...., so als ob das Finden eines treffenden Ausdrucks ihren Schmerz lindern könnte.

Heute erlosch der letzte Hoffnungsschimmer in ihr, dass er vielleicht doch noch ein Zeichen schickt, wenigstens einen Hauch von Verbindung aufnimmt. Aber kein gelbes Kuvert leuchtete auf in ihrer Bildschirmleiste – doch, schon. Viele andere Mails, nur nicht von ihm. Eine junge Kollegin empfahl ihr das Buch „Gespräche mit Gott" und schon könnte sie wieder anfangen zu heulen. Julius wollte ihr das Buch zum Lesen mitbringen, um sich darüber auszutauschen. Zufall??

„Mit meiner letzten SMS hab ich's vermasselt", denkt sie sich, während ihr an der Trambahnhaltestelle ein Behinderter zuruft: „Guten Tag schöne Frau, wie geht's?" „Unglaublich, ich werde noch registriert und bin nicht geschrumpft zum hässlichen Gartenzwerg, geprägt von meinen hässlichen und wirren Ideen", und während sie das denkt, fühlt sie plötzlich, wie ihr Herz berührt ist von diesem seltsamen Zwischenfall.

Das Wort traumatisiert lässt sie nicht los und Mona sinniert, was mit einem Körper, einer Seele, einem Herzen passiert, wenn sie traumatisiert sind.

Bei ihr zumindest ist es so, als ob Teile ihres Denkens, ihrer Sicht und Wahrnehmung, ihrer Gefühle ausgeschaltet sind und sie empfindet auch keinerlei Drang, diesen Zustand zu ändern – es ist einfach zu anstrengend. Die Stelle an der bekanntlich das Herz sitzt, hat sich zu einer geballten grauen Wolke gebildet, die sich zuweilen zusammenzieht und einen heftigen Schmerz auslöst. Gestern bei ihrer Focusing-Sitzung (Focusing, eine Methode, bei der man Körperempfindungen wahrnimmt und durch gezielte Schritte meist eine Lösung findet oder Hintergründe aufdeckt. Man bleibt achtsam und absichtslos bei einem Gefühl oder Thema, lässt es da sein und gibt ihm einen Platz, denn jedes Gefühl möchte akzeptiert sein), beleuchtete sie ihre Situation mit einer Gesprächstherapeutin und es wurde ihr ein wenig leichter ums Herz.

„Heute vor vier Wochen fing alles an". Mona kramte, wieder zu Hause angekommen, die ausgedruckten E-Mails (noch brachte sie es nicht übers Herz, die Mails unwiederbringlich zu löschen) aus ihren Unterlagen und zog sich all die Botschaften, ausgesprochenen und zwischen den Zeilen stehende Worte und Schwingungen rein.

„Ich muss da jetzt durch", redete sie sich gut zu. „Ich muss einfach alles noch einmal durchfühlen, um mich selbst zu befreien", ja, das musste sie wohl.

Mona legte die CD – übrigens seine Lieblings CD „Hommage a Piazzolla" von Gidon Kremer ein, zündete die Kerzen an, holte sich ihren Ingwertee und fing an zu lesen. Mit fettem rotem Filzstift schrieb sie damals quer über das erste Blatt, einer spontanen Eingebung folgend:

„Liebe auf den ersten Tango…….. "

6. E-Mail für dich

Der Tag nach dem kennen lernen:

Erste E-Mail an IHN:

„Einen schönen guten Morgen Julius.
Unseren Tango gestern fand ich „himmlisch", so dass ich
beschwingt in die Woche gehe. Das Ambiente, die Musik, die
Menschen und du, alles war für mich etwas Besonderes. Danke
noch mal – geht es dir auch gut?
Übrigens ist mir eingefallen, dass ich nach dem Tangofestival
Urlaub habe und wir, falls das Angebot noch steht, im großen
Theater bis in den Morgen Tango tanzen könnten....
Die Tangotermine von uns hier bekommst du beim nächsten
Mal, da ich noch ein bisschen recherchieren muss.
Dir einen ganz schönen Tag und liebe Grüße von MONA"

Erste Antwort an SIE:

„Liebe Mona,
ja, es war wirklich sehr schön gestern in der Villa und ich habe
den Tango noch nie so intensiv gefühlt wie mit dir, und das auf
Anhieb- danke dafür!
Meine Woche fängt auch beschwingt an, und ich hoffe, sie geht
so weiter...in dieser Woche fahre ich ab Mittwoch zu meinen
Eltern nach Hannover, um beim Umzug zu helfen. Am Sonntag
komme ich wieder zurück und gehe abends in die Tanzschule. Da
könnte ich dann zwei Karten für den Tangoball besorgen – ja?
Vielleicht nehme ich auch am nächsten Tag Urlaub, damit das
Motto des Abends auch stimmt („die Nacht wird zum Tango").
Am Donnerstag vorher würde ich gerne mal in deine Schule
kommen. Kann man da einfach einsteigen und die Praktika
mitmachen? Freue mich auf deine Antwort, lass es dir gut gehen!
Frohen Montag JULIUS
Hier noch meine weiteren Telefonnummern......"

„Lieber Julius,

so habe ich mir immer vorgestellt oder gewünscht, den Tango nicht nur zu tanzen, sondern auch zu fühlen mit dem Tänzer, und deshalb war es für mich gestern so etwas wie eine Premiere. Wunderbar, du bestellst am Sonntag auf jeden Fall die Karten – das wird dann ein Highlight im Februar!
Ich freu mich, wenn du am Donnerstag zum Üben kommst! Mit Hannes sprech' ich noch, ob du schon beim Kurs mitmachen kannst. Das wäre dann ab 20:15 Uhr.
Meistens fehlt eh ein Mann. Näheres sprechen wir dann ab.
Lass es dir gut gehen und bis bald!
Ich schick dir eine SMS aufs Handy – dann kannst du meine Nummer gleich übernehmen.
Ciao MONA"

An diesem Abend erhielt Mona eine SMS, die ihr Herz zum ersten Mal höher schlagen ließ:

„Hi Mona, denke oft an dich. Was bist du für ein Mensch, wenn du so lächeln und so tanzen kannst. Freue mich, dich kennen zu lernen. Gute Nacht – Julius"

Monas Antwort:

„Ich finde unsere Begegnung ist etwas Besonderes und ich freue mich auch auf dich!"

Am nächsten Morgen – E-Mail an Julius:

„Guten Morgen Julius,
gut geschlafen und was schönes geträumt?
Eure Internetpräsentation ist ja gigantisch.
Da bekomme ich Sehnsucht nach einem Klavierkonzert.
Ich mag von den Klassikern u.a. Debussy und die Kinderszenen

von Schumann, Chopin und von Satie..., jetzt fällt mir der Titel
nicht mehr ein. Und du?
So viel zum sich ein bisschen kennen lernen.
Liebe Grüße und einen sonnigen Tag.
MONA"

Mona freut sich sehr über seine Antwort:

"Liebe Mona,
was für eine wunderschöne Überraschung am Morgen. Leider
komme ich erst jetzt zum Antworten, wir haben eine Baustelle im
Geschäft und ich musste zunächst ein wenig Arbeit verteilen. Es
freut mich, dass dir unsere Homepage gefällt, in Natura ist es
aber noch schöner. Gestern war ich im Goldenen Saal in einem
Klavierabend. Ich mag auch Debussy und Chopin und dazu noch
Bach, Ravel und Rachmaninoff. Da ich beruflich oft in klassische
Konzerte gehen muss, höre ich in der Freizeit lieber ruhigen Jazz
und innige Tangos. Meine Lieblings-CD ist "Hommage a
Piazzolla" von Gidon Kremer. Das wäre was für uns zum
Tanzen!!
Möchtest du mal mitkommen in ein Konzert in München?
Ich wohne direkt auf dem Firmengelände in einer kleinen
Dachwohnung mit meiner älteren Tochter Sarah. Bin also
"allein erziehender Vater". Außerdem habe ich noch eine
jüngere Tochter Claire. Sie wohnt bei ihrer Mutter im Norden.
Ich kann mich leider an meine Träume nicht erinnern, aber ich
bin glücklich aufgewacht! Wünsche dir einen sonnigen Tag im
Herzen!
Alles Liebe JULIUS"

„Hi Julius,

heute habe ich es hier etwas ruhiger, so dass ich gleich antworte.
Ja, ich würde gerne mal in ein Konzert mitgehen.
Ich liebe auch Jazz (Miles Davis, Grover Washington u.a.)
Durch Piazzollas Musik habe ich den Tango lieben gelernt und
finde, dass das Tanzen bei seiner Musik viel tiefer geht.
Schön, du hast zwei Töchter. Das gefällt mir. Ich habe dafür sehr
nette Söhne, die allerdings ihren Weg schon ohne Mama gehen.
Trotz Schnee und Matsch geht es mir „sonnig" und ich freu
mich, von dir zu hören, lesen, was auch immer ... ☺
Liebe Grüße
von MONA"

Am Nachmittag, Mona war inzwischen zu Hause und beinahe ein
wenig traurig, dass sie keine Antwort auf ihre Mail erhielt.
Am nächsten Morgen las sie:

„Liebe Mona,
bei mir ist heute der Teufel los, aber nun will ich ein wenig an
dich denken und dir was schreiben. Was möchtest du wissen, ich
will dich nicht langweilen. Was machen deine Söhne denn,
hattest du auch eine turbulente Pubertätsphase mit ihnen? Bei
meiner Sarah war's heavy mit Schulproblemen etc. Jetzt hat es
sich beruhigt, sie macht hier in der Nähe ihre Ausbildung und
hat viel Spaß und Erfolg. Den Rest sehe ich unter dem Motto:
„Erfahrungen sammeln" und bleibe möglichst ruhig.
Ich habe mich sehr gefreut, dass du meine SMS von gestern so
beantwortet hast. Für mich ist es auch etwas ganz Besonderes,
dich getroffen zu haben und ich dürste nach allem, was von dir
kommt!
Julius"

Sobald es ihre Zeit erlaubte, antwortete Mona:

„Guten Morgen dear Julius,
gestern bin ich schon eher gegangen, so dass ich, was auch
schön ist, schon zur Begrüßung deine E-Mail habe.
Ja, bei mir ist es mit der Erziehung auch oft an der Grenze
gewesen, mit Schule aufhören und Entscheidungen akzeptieren,
auch wenn ich mir manchmal was anderes für die Jungs
gewünscht habe. Aber ich bin irgendwie stolz, wie jeder so
seinen Weg geht und wir eine ganz schöne, neue Ebene des
Miteinanders erleben. Als allein erziehender Vater stelle ich es
mir noch schwieriger vor, oder ?
Ich mag die Väter, die sich mit einbeziehen lassen.
Weißt du, seit Sonntag ist mein Gehirn irgendwie ausgeschaltet –
ich denke so oft an unsere Begegnung und wie leicht und
selbstverständlich alles war. Dass da so eine schöne Schwingung
zwischen uns ist. Ich freu mich soo, wenn du wieder da bist (vom
Umzug bei deinen Eltern) und wir auch mal miteinander
telefonieren – bevor du in meine Stadt kommst.
Ich umarme dich und wünsche dir besonders gute Tage! Mona"

Mittwoch:

„Liebste Mona,
wie schön, am Morgen von dir zu lesen! Bin in Gedanken bei dir
und weiß auch nicht, wie mir geschieht. Schade, dass ich nun
ausgerechnet nach Hannover fahren muss. Die Zeit bis zum 29.
ist mir wirklich zu lange. Ich komme ja am Sonntagnachmittag
zurück und möchte gern am Abend in die Tanzschule gehen. Hast
du Lust und Zeit, mitzukommen?
Es fängt schon um 19:30 Uhr an mit einer Stunde Unterricht und
ab 20:30 Uhr dann Tango Salon.
Ich habe am Montag einen „strammen Tag" mit
Geschäftskunden und Meeting am Abend. Es muss daher ja nicht
zu spät werden – was meinst du?

Mit der „Erziehung" ist es natürlich nicht immer leicht. Aber es geht doch ganz gut mit uns beiden. Gestern war ich zum Tango-Unterricht und habe etwas Milonguero-Stil gelernt. Den würde ich dir gerne bald zeigen. Liebe Mona, bin gerade in diesem Moment so tief in meinem Inneren bei dir, dass es mir schwer fällt, weiter zu schreiben.
Ich umarme dich und hoffe, dich am Sonntag zu sehen. Du bist ein Wunder!
Dein JULIUS"

„Mein Lieber,
ich bin sehr berührt von dem, was du schreibst und fühlst.
Ich glaube, dass wir uns viiel zu erzählen haben.
Ich komme gerne am Sonntag zu dir in die Stadt.
Sollen wir was ausmachen, wenn du wieder da bist oder jetzt?
Bis dann ☺"

„Lieber Jetzt! -   war seine Antwort

Willst du mich abholen, dann können wir mit einem Auto in die Innenstadt fahren und brauchen nur einen Parkplatz zu suchen? Wenn du so gegen 18:00 Uhr kommst, haben wir noch ein wenig Zeit zum Reden und Können noch einen Tee trinken, bevor es losgeht."

Es folgt eine Beschreibung für Mona, wie sie zu seinem Haus finden kann.

„Ich freu mich sooo, wenn's klappt und bin jetzt schon ganz aufgeregt. Schicke dir kuschelige Wärme ins Herz....
Dein JULIUS ☺"

Monas Antwort:

„Das hört sich gut an!!
Leider habe ich zurzeit kein Auto, so dass ich mit dem Zug
kommen werde. Also wie können wir das am besten
umdisponieren? Ich könnte mit der U-Bahn in die City, wo es
ganz nette Cafes gibt, aber das weißt du sicher besser. Oder
direkt vom Bahnhof?? Was meinst du?
Ich freue mich auch riesig!!! Kuss"

Julius schreibt:

„Steig doch einfach am Hauptbahnhof aus. Ich hole dich dort ab
(da kann man gut parken). Wir können dann ins Cafe gehen oder
zu mir fahren, wie du möchtest. Lass uns vorher noch
telefonieren, zumindest wegen deiner Ankunftszeit. Ich kann es
kaum erwarten, dich am Bahnhof endlich zu sehen! Aber bis
Sonntag werde ich's wohl schaffen. Bin ganz nah bei dir und
umarme dich in Gedanken ganz zart.
Dein glücklicher JULIUS"

Monas Herz geriet in Aufruhr – „dein glücklicher Julius", sie

konnte es kaum fassen, begreifen, was da mit ihr und ihm

geschah – ihr Herz jubelte und sie hätte die ganze Welt umarmen

können. „Tango Argentino, ich liieebe dich!!!"

Mona ist wieder in der Gegenwart angelangt. Sie merkte nicht,

dass die CD längst verstummt war, der Tee inzwischen kalt und

das Wachs ihrer gelben Kerzen tropfte auf den Glastisch und

vermischte sich mit ihren warmen Tränen, die sich haltlos freie

Bahn verschafften.

7. Die Annäherung

„hast mein Leben völlig auf den Kopf gestellt....“

Julius ist bei seinen Eltern –

Mona schwebte durch den Tag und freute sich auf's Tangoüben.

Daniel, der damals diesen zauberhaften Tanz mit ihr auf's Parkett

legte, hatte sich tatsächlich überreden lassen, mit ihr diesen

Fortgeschrittenen Kurs zu belegen. Was für ein Glück, was für

ein Spaß, mit ihm zu lernen.

Monas SMS am Übungsabend an Julius:

*„ich vermisse meinen liebsten Tangotänzer! Ich umarme und
küsse dich! Deine Mona“*

Im Nachtbus konnte sie endlich ungestört seine Antwort lesen:

*„Mein Schatz! Spüre deinen Tango und denke dauernd an dich.
Nur noch drei Tage bis ich dich umarme. Küsse dich ganz zart!“*

Mona wünschte Julius eine gute Nacht und die schönsten

Träume. In dieser Nacht schlief sie glücklich wie ein

Murmeltier....

„Guten Morgen liebe Mona“, las sie seine SMS vor dem Start
ins Büro. *„Es war schön mit dir in meinen Träumen. Wünsche
dir einen schönen Tag und schicke dir meine Liebe.“*

Natürlich schickte sie ihm auch ihre Liebe und konnte es kaum erwarten, ins Wochenende zu starten. Ihr Herz pochte unentwegt, ihre Gedanken umfassten nur eines – J U L I U S –

Samstag:

Monas obligatorischer Citybummel war bunt gemischt mit Tangofreundin treffen, Cafe trinken mit den Söhnen, die sich über den euphorischen Zustand der Mutter wunderten....ein schönes weiches Oberteil kaufen – für ihn –
Heute Abend hatte sie keine Ausgehlust, sie wollte „bereit" sein, sich mental auf IHN vorbereiten und sie freute sich riesig über seine SMS:

„Liebste, gehe gleich zur Geburtstagsfeier meines Bruders.
Nehme dich mit. Schickst du mir deine Adresse für Morgen – bin
total aufgeregt und ganz ruhig zugleich. Sehne mich so danach,
dich in die Arme zu schließen. Was zwischen uns ist, ist
unbeschreiblich!
Schicke dir meine Seele. Küsse dich zärtlich..."

Kurz vor Mitternacht:

„Mein Schatz, ich dürste so sehr nach dir! Soll ich dich morgen
in W. abholen? Könnte über die Autobahn kommen und am
frühen Nachmittag da sein – Umarme dich mein Herz!"

Monas Antwort:

„Das wäre ja gigantisch!!"

Mona wusste, in dieser Nacht würde sie kein Auge zu tun....
Sie bereitete ihren Wohnraum zum Meditieren vor, mit Decke,
Kerzen und Balance-Musik. Sie legte sich auf den Boden,
breitete ihre Arme aus und betete...... sie betete, dass das alles
wahr ist, was sie in dieser Woche an Gefühlsstürmen, Liebe zu
einem Menschen, Hingabe und sich öffnen, erfahren hatte. Sie
betete, dass dieser Mann, der ist, auf den sie so lange gewartet
hatte, sie hoffte, dass sie das Richtige tun und IHN so aufnehmen
wird, dass er ihre Liebe spüren und annehmen kann.....

Der Sonntag:

Ein qualvoller und zugleich spannender Tag.
Wird er kommen?
Mona wachte früh auf, brachte sich und die Wohnung auf
Vordermann, las in ihrem neuen Schmöker: „die Schönheit der
Liebe" von Safi Nidiaye und zuckte doch leicht zusammen,
obwohl sehnsüchtig erwartet, als das Telefon surrte. Es war Alex,
ihr Zweitältester, der zum Tee vorbeikommen wollte. „Oh Sorry,
das ist jetzt ungünstig, ich bekomme nämlich gleich Besuch",
meinte sie bedauernd. „Aber wir treffen uns morgen o.k.?" –

Alex war einverstanden und wollte den Besuch gleich mit Haare schneiden verbinden. Zehn Minuten später läutete es wieder. Endlich – ER war dran und sagte nur: „Mona, ich bin unterwegs und in einer halben Stunde bei dir". „Ich freu mich, ich freu mich soo", mehr brachte sie vor Aufregung nicht über ihre Lippen.

Folgende Szene spielte sich ab wie in einem spannenden Liebesfilm:

Es läutete, Mona drückte auf den Türknopf und Sekunden später stand ein JULIUS, völlig außer Atem vor ihr. Sie breitete ihre Arme aus und waren es zehn oder dreißig Minuten? – Raum und Zeit tauchten ein in die Ewigkeit – dass beide in inniger Umarmung standen, sich fühlten, sich küssten, sich wahrnahmen und betrachteten. „Mein Herz", flüsterte sie ihm zu. ER fand es wunderbar, dass sie ihn „mein Herz" nannte und legte ihre Hand an die Stelle, wo sein Herz heftig pochte.

Die Stunden seines Daseins waren Stunden des Staunens, sich Näherkommens, Erzählens, Schweigens – zwischendurch zum Essen gehen, um festzustellen, dass sie noch nicht „restauranttauglich", wie Julius es nannte, waren. Ihre Magnetfelder griffen ohne ihr Zutun ineinander…

Der Plan, noch zum Tangoabend zu gehen, wurde einstimmig verworfen. Stattdessen tanzten und summten sie zu Diana Kralls Song „When I look in Your Eyes" und genossen ihr Miteinander bis Mitternacht in Monas gemütlicher Maisonettewohnung.

Schweren Herzens wollte – musste Julius dann aufbrechen.

„doch eines Tages warst du hier, hast mein Leben völlig auf den Kopf gestellt – und ich war ein kleines Stück von dir."

E-Mail am nächsten Morgen von Mona:

„Guten Morgen mein Herz,
gut heimgekommen und gut geschlafen?
Es war wunderschön mit dir gestern, ich hätte es mir nicht
schöner wünschen, vorstellen können. Du bist wunderbar und ich
bin glücklich!
Bin ziemlich eingedeckt mit Arbeit. Trotzdem bist du bei mir und
das ist gut...Ich küsse und umarme dich – bis bald!
Deine MONA"

Julius antwortete:

„Liebste!
Ja, ich bin gut heimgekommen und habe gut (aber kurz)
geschlafen, hatte jede Menge Mails....Es war wunderbar bei/mit
dir. Du bist ein außergewöhnlicher Mensch.
Bin bei dir – dein Herz ☺*"*

Dienstag:

Mona wartete sehnsüchtig auf ein Zeichen und schrieb:

„My Dear,
ich weiß, es ist unmöglich, aber ich brauche dringend ein
Zeichen von dir. Jedes Mal, wenn sich eine Mail ankündigt,

klopft mein Herz, weil es denkt, du meldest dich...bevor mein
Herz zerspringt, musst du mich retten!!
Ich bin auch ganz bescheiden und mit einem kurzen Gruß
zufrieden."

Unabhängig davon kam zur gleichen Zeit seine E-Mail:

*„Hi Mona,
lieben Dank für deine gute Nacht SMS. Hab sie erst heute früh
lesen können (schöön). Sarah ist von ihrer Mutter wieder
glücklich zu Hause bei mir angekommen. Freue mich schon, dich
Morgen in meine Arme schließen zu können.
Denke an dich mein Herz!
Sei geküsst von JULIUS"*

Auf ihre Mail:

*„Wie lustig! Habe gerade eine Mail an dich verschickt und dann
lese ich deine...Bin bei dir!
E-Mail-Kuschel Dein JULIUS :-x"*
Mona antwortet:

*„Jetzt geht's mir wieder sehr gut – danke.
Ich umarme dich und freu' mich riiiesig auf Morgen.
Mein Herz – mein Liebster!"*

Am Mittwoch, einen Tag vor dem Übungsabend wollte er sie
besuchen.

*„Mein Herz –
Besonders schön soll dein Tag heute sein und noch schöner
ausklingen!!
Ich warte sehnsüchtig auf dich und küsse dich.
Bis bald – bis bald
Deine MONA"*

„Liebste!
Wie schön der Tag schon beginnt und er soll mit einem
Feuerwerk enden! Ich küsse dich!
Dein Julius ☺"

Ein denkwürdiger Moment – man beachte, dass dies die letzte Mail ist, in dem Julius „dein" schreibt.

Monas Herz zieht sich krampfhaft zusammen, als sie das Blatt beiseite legt. Aber bleiben wir erstmal beim Mittwochabend, der genauso schön, wenn nicht noch schöner, als der erste war.

8. Gedicht von Else

Neben vielen anderen Sätzen flüsterte ihm Mona eines ihrer Lieblingsgedichte von Else Lasker-Schüler ins Ohr:

„Ich liebe dich und finde dich,

wenn auch der Tag ganz dunkel wird.

Mein Lebelang und immer noch

bin suchend ich umhergeirrt.

Ich liebe dich!

Ich liebe dich!

Es öffnen deine Lippen sich…

Die Welt ist taub,

die Welt ist blind

und auch die Wolke

und das Laub –

nur wir, der goldene Staub,

aus dem wir zwei bereitet:

     SIND! "

9. Tangolesson

Donnerstag:

Julius kam spät, müde und abgespannt wirkte sein Gesicht und
Mona verwöhnte ihn mit einer sanften Gesichtsmassage.

Und los ging's – Tangoschuhe in den Beutel, Hand in Hand
stolperten beide die Treppe vom fünften Stockwerk nach unten,
durch den Flur ihrer Altbauwohnung.

„Wie vertraut das alles ist", meinte Julius, „als ob wir uns schon
lange kennen". „Ja, mir geht's genauso", erwiderte Mona in
gespannter Erwartung, wie das gemeinsame Üben sein wird.

Julius wurde freudig in der Runde aufgenommen und begrüßt –
Männer sind ja nach wie vor rar in der Tangoszene – und es
konnte gar nicht anders, als gut sein, den Abend mit ihm zu
verbringen.

Monas Übungspartner Daniel war für eine Auszeit dankbar und
widmete sich seinen diversen Geschäften. Julius nahm die Kritik
von Ursula und Hannes offen entgegen, wobei Mona fand, dass
es keiner Kritik bedurft hätte.

Irgendwie beschlich sie das Gefühl des beobachtet seins und sie
war froh, dass auch Julius schon kurz vor Mitternacht aufbrechen
wollte.

Julius drehte sich, während sie Arm in Arm zum Auto schlenderten, seine Zigarette und Mona fand das toll, wie man zwei Dinge auf einmal zustande bringt. „Du Julius, das sieht ja sehr gekonnt aus", bemerkte sie bewundernd. Vor ihrer Haustür kurvte Julius zum Abschied an den Straßenrand. „Ich nehme an, du möchtest gleich heimfahren?", fragte sie ihn zögernd. Es war spät und sie merkte, dass er müde war. „Ja, das möchte ich".

Sie wünschte ihm eine gute Zeit mit seinen Töchtern, er sollte nämlich für eine Woche Besuch von seiner jüngeren Tochter Claire bekommen, und sie beschlossen, eine „Fastenwoche" einzulegen.

„Das wird eine lange Woche, aber ich freu' mich schon, wenn ich eine Mail oder einen Anruf von dir bekomme", meinte sie mit einem fragenden Blick.

Mona umarmte Julius, sagte ihm „auf Wiedersehen mein Herz" und er hauchte irgendwie seltsam „ach Moona – Ciao", in ihr Ohr….

„doch dann kam der Tag für dich und dein Welt und ich fand nicht mehr zu mir zurück. Und was mir bleibt ist dein Gesicht …… "

Ein vages Gefühl des Unbehagens beschlich sie, als sie ihm eine Kusshand zuwarf. Er entschwand in die Nacht und wurde zum kleinen dunkelblauen Punkt auf der sich hinwindenden Straße. Nur ihre Träume konnten die hoch kriechende Angst zudecken.

10. Verwirrte Herzen

E-Mail an Julius:

„Guten Morgen mein Liebster,
geht's Dir gut heute? Nach deinem Stresstag? Es hat Spass
gemacht, mit Dir zu tanzen und zu lernen. Ich freue mich schon
aufs nächste Mal.
Jetzt wünsche ich Dir ein erlebnisreiches WE und eine schöne
Verbundenheit mit Claire und Sarah. Ich küsse und umarme
Dich.
Melde Dich doch mal, wenn „Freiraum" dazu ist – es wäre
schön!
Alles Liebe von deiner MONA"

Seine etwas distanzierte Antwort, aber das will ja noch gar nichts
heißen:

„Liebe Mona!
Ja, es war schön, mit Dir zu tanzen und Deine Lehrer sind gut
und sehr nett. Heute geht's stressig weiter wegen der Baustelle
im Geschäft.
Freue mich auf die Tage mit den Mädels und etwas mehr
Ruhe....
Alles Liebe! JULIUS"

Monas Herz rutschte eine Etage tiefer, denn es war nicht zufällig,

fand sie, dass das kleine Wörtchen „dein" wegfiel, oder ??

Sie konnte es sich nicht verkneifen, nach langem inneren Ringen,

ihren fragenden Kommentar dazu zu geben und mailte zurück:

„Fällt jetzt das „dein" aus Stress bedingten Gründen weg oder überhaupt?"

Darauf erhielt sie natürlich keine Antwort und sie hing ein ganzes Wochenende mit seltsamen Magengefühlen und Anzeichen von „Herzstechen" in der Luft. Samstag um Mitternacht surrte die Klingelanlage ihrer Eingangstür – sie öffnete einen Spalt und sah ihre beiden Jungs Ben und Steffen stehen. „Du hast dich so seltsam am Telefon angehört", meinte Ben, ihr Ältester, „was ist los?" Mona war gerührt und sagte: „ist das schön, dass ihr da seid". Es wurde sehr spät, bis die beiden aufbrachen und Mona spürte trotz aller Enttäuschung dieses Glücksgefühl darüber, dass sie so tolle Söhne hatte.

Am Sonntag – zwei Wochen nach dem Kennen lernen:

Mona fuhr kurz entschlossen mit Ines, ihrer Tangofreundin, die sie dazu überredete, in die Villa, wo sie Julius zum ersten Mal traf, mitzufahren. Diesmal war der Tag überschattet und sie hoffte insgeheim, dass er plötzlich auftauchen, an der Tür stehen, sie mit seinem zauberhaften Grübchen anlächeln und zum Tanz aufforderte.

Er kam nicht, denn das wissen wir ja inzwischen, je mehr du dir was herbeisehnst, umso weniger geht es in Erfüllung. Der Nachmittag war trotzdem gelungen. Mona tanzte mit etlichen

Partnern von unterschiedlichstem Niveau. Sie tanzte sogar mit einer Frau und genoss dieses ganz andere Tangofeeling.

Am Montag schrieb Mona an Julius bewusst neutral, in der Hoffnung, eine klarere Stellungnahme zur Situation zu bekommen:

„Guten Morgen Julius,
hattest du ein schönes WE?
Gestern in der Villa war's wieder beinahe so schön wie vor zwei Wochen. Ich hab sogar mit einer Frau namens Sonja (kennst du sie?) getanzt und Dich sehr vermisst!
Ich freue mich auf den Tangoball am Sonntag und wünsche Dir eine ganz schöne Woche!
Liebe Grüße von MONA"

Seine Antwort:

„Guten Morgen Mona,
schön, dass es Dir wieder gut gefallen hat in der Villa.
Mein WE war sehr schön mit den beiden. Bin schon jetzt traurig, wenn ich an den Abschied am Samstag denke.
Wünsche dir eine zauberhafte Woche!
Alles Liebe JULIUS"

Wirre Gedanken drängten sich in Monas Gehirn:

„Gut, jetzt ist die zweite Tochter zu Besuch. Er wird wieder mit seiner Vergangenheit konfrontiert, er muss sich jetzt auf seine Familie konzentrieren. Es war einfach alles zu schnell und zu viel auf einmal. Überbordende Gefühle mit dem ganz normalen Alltag zu verbinden, nicht so leicht. Nicht mal reden kann ich mit ihm. Ich möchte ihn ja nicht aus seiner Welt reißen und muss

warten, warten ……"

In diesen Tagen schrieb Mona etliche Mails und löschte sie

wieder, wie zum Beispiel dieses:

„Ich glaube Julius, Du merkst gar nicht, wie weh Du mir mit
Deinem distanzierten Verhalten tust. War alles nur Täuschung?
Du lässt mich einfach in der Luft hängen, sagst nicht, was los ist
und meine Gedanken drehen sich im Kreis: Was könnte ich
falsch gemacht haben? – es fällt mir nichts dazu ein. Wer hat
Dich denn so verletzt in Deinem Leben, dass Du mir jetzt das
Herz scheibchenweise raus reißt??
Ich möchte auch keine unverbindliche Antwort von Dir.
Wenn ich dir nicht so viel wert bin, dass Du mit mir redest und
zumindest erklärst, dass Du Dich doch in Deinen Gefühlen
getäuscht hast, dann möchte ich das ganze beenden und meinen
Frieden wieder finden.
MONA"

Wie gesagt, dieses Mail schickte Mona nicht ab.

Sie schrieb stattdessen an ihre Tangofreundin Marie, die das

unverschämte Glück hatte, sich bei ihrer ersten Anzeige einen

Tangolehrer und gleichzeitig den Mann für's Leben zu angeln.

Mona schrieb also:

„Hallo liebe Marie
sag, ist es so bei Männern, dass sie plötzlich wieder den Rückzug
antreten, so heimlich still und leise? Ich kenne ja die Behauptung
von John Gray mit „Männer sind wie Gummibänder". Mal sind
sie dir nahe, dann ziehen sie sich wieder in ihre Höhle zurück.
Also seit Freitag ist Flaute eingetreten, um beim Segeljargon zu

bleiben. Eine distanzierte Mail – wo es sonst immer hieß: „meine Liebste" und „dein Julius".
Ja, er hat Besuch von seiner Tochter (12 Jahre) und da weiß ich auch, dass ich mich zurücknehme. Aber gleich so, dass ich gar nichts mehr höre? Ich habe richtige Herzschmerzen.
Gestern war ich wieder in der Tango Villa, in der Hoffnung, ihn zu sehen. Es ist dort wirklich schön zum Tanzen. Seine Antwort auf meine Mail heute, war ähnlich unverbindlich, wie am Freitag. Ich warte mal diese Woche ab (was eine ziemliche Zerreißprobe sein wird)...Ich könnte jetzt ein tröstendes Wort gut gebrauchen. MONA"

„Ach Mona", antwortete Marie,
Gerade hab' ich so vor mich hin einen Satz an dich formuliert, der dich fragen wollte, wohin denn gerade der Segelturn geht – jetzt lese ich deine Nachricht.
Seltsam, seltsam – ich kann mir vorstellen, wie durcheinander und unruhig du bist und aus dem beflügelnden Gefühl sind ganz lahme Flügel geworden. Ja, irgendwas muss in ihm vorgegangen sein und es ist so schrecklich schwer, direkt danach zu fragen – ich wünsche sehr für dich, dass sich die Segel wieder füllen und die „Crew" wieder ganz offen, gesprächig und munter wird. Erstmal eine ganz liebe Umarmung – Marie –"

„und was mir bleibt ist dein Gesicht und das Gefühl, geteilt zu sein. Werd' ich dich jemals wiederseh'n, jemals wiederspür'n oder war es nur der Moment?"

Mona stöberte nach langem mal wieder im CD Laden. Ins Auge stach ihr mit rotschwarzen Lettern „Rosenstolz Live in Berlin".

„Ach, Rosenstolz, von denen wollte ich doch schon längst eine CD". Mona schnappte sich die oberste, legte die Scheibe in den

CD-Player, stülpte sich den Kopfhörer über und ließ sich von dem durchdringenden Sound mitreißen.

Beim sechsten Titel „der Moment", versetzte es ihr einen leisen Stich und sie wunderte sich, dass genau zur richtigen Zeit der passende Song auftauchte.

„Kauf zwei", war ihr erster Gedanke. „Eine für mich und eine für IHN". „Egal, jetzt bin ich mal großzügig".… Zuhause angekommen hörte sie „ihren Song" immer und immer wieder.

Am folgenden Tag E-Mail von Julius:

„ Liebe Mona,
Seit Tagen schon grüble ich nach über Gott und die Welt, insbesondere aber auch über uns beide. Ich bin nun zum Schluss gekommen, dass ich derzeit noch keine Partnerschaft möchte bzw. haben kann. In meinem Herzen ist noch soviel Durcheinander, dass mir die Kraft und der Focus hierfür fehlen. Dies hat natürlich nichts mit dir zu tun, („natürlich nicht", denkt Mona mit einer leicht erhobenen Braue). *Du bist eine außergewöhnliche Frau und ein toller Mensch. Lieber hätte ich dir dies Auge in Auge erzählt, aber wie du weißt, geht es vor dem Sonntag leider nicht und es bedarf aber andererseits keines Aufschubs. Du hast ja längst gespürt, dass sich was verändert hat und ich bin der Meinung, dass du die Wahrheit verdient hast.* („Wirklich, wie rücksichtsvoll", sie beißt sich bei ihrer Gedankenironie versehentlich auf die Unterlippe). *Es tut mir leid, dir nichts anderes schreiben zu können!*
Was soll ich nun wegen Sonntag machen? Möchtest du trotzdem mit zum Tangoball kommen?
Alles Liebe JULIUS"

In Mona breitete sich eine Fassungs- und Sprachlosigkeit aus, die bis zum nächsten Tag andauerte. „Wieso setzt er sich plötzlich selbst so unter Druck? Ich wollte doch nur lieben und geliebt werden. Soll ich überhaupt antworten und was, und wie??" fragt sie sich, grübelt und studiert und spürt ihr Herz sich krampfartig zusammenziehen.

Am Tag danach Monas Antwort:

„Danke Julius für deine offenen Worte. Weißt du, Partnerschaft ist ein großer Begriff, und so weit habe ich in diesem „Zeitraffertempo" gar nicht denken können. Möchtest du trotzdem mein Tangopartner sein und ab und zu mit mir auf eine schöne Veranstaltung gehen? Wenn ja, dann komme ich gerne am Sonntag zur „Tangonacht". Ich werde dann so gegen 19:30 Uhr im Theater sein.
Ich bin bis Freitag 15 Uhr noch im Büro zu erreichen. Dann stürze ich mich in den heiß ersehnten Kurzurlaub.
Einen schönen Tag und liebe Grüße
von MONA"

„Ja bin ich denn von allen guten Geistern verlassen? Was tue ich mir da bloß an. Geh' noch tanzen mit ihm, der mich eben so verletzt hat. Bin ihm körperlich so nah und innerlich so weit entfernt? Sag' ihm nicht, dass er mir das Herz gebrochen hat und wie es mir im Grunde geht. Er stellt mich vor die vollendete Tatsache, knallt die Tür zu, die so weit offen war, und dann tanze ich noch mit ihm?! Oh Mann, was bin ich nur für eine Idiotin.

Ja, ich bin eine Idiotin – das habe ich doch schon mal festgestellt."

Mona schreibt im Laufe des Tages Mails, löscht, schreibt, löscht …… weint Tränen, die sie tapfer vor den Augen der Kollegen verbirgt.

E-Mail von Julius am Donnerstag:

„Liebe Mona!
Ich werde heute zwei Karten für Sonntag kaufen und wir treffen uns dann um 19:30 Uhr vor dem Theater. Nehme für den Notfall mein Mobiltelefon mit. Freue mich, auch wenn ich gegen 23 Uhr gehen muss.
Schönen Tag und bis Sonntag!
JULIUS"

„O.k." war Monas Antwort……. reduziert auf nur noch zwei Buchstaben! O.k.

11) Die Nacht wird zum Tango

Tagelang stromerte Mona durch sämtliche Boutiquen der Stadt, um sich etwas ausgefallen Schönes zum Tangoball zu kaufen. Sie wollte besonders gut aussehen, nur für ihn. „Als ob das noch etwas nützen würde", denkt sie sich beim durchstöbern eines exclusiven Ladens.

„Wenn das Herz des Mannes verschlossen ist, dann hilft auch das verführerischste Outfit nichts und wenn es sich für dich öffnet, gefällst du ihm in Sack und Asche ....., ja, ich glaube wirklich, das es so ist".

Die Kleidersuche verlief ergebnislos ..... und sie entschied sich für ihr altbewährtes langes Schwarzes. Die Ohrringe, die sie noch entdeckte, fand sie wunderbar – ein dunkelrot-schwarzes Gehänge in Silber gefasst.

Sie war sich zwar immer noch nicht sicher, ob sie überhaupt dorthin fahren sollte und schob die Entscheidung bis zum Tag des Ereignisses auf. Krank sein konnte sie auch in letzter Minute – irgendwas würde ihr dann schon einfallen, sollte die Krise über sie hereinbrechen.

Mona wartete auf den Tag genauso fieberhaft, wie vor einer Woche, als Julius sie nach ihrem ersten Kennen lernen besuchte. Allerdings war diesmal das Fieber von anderer Art. Ein schaler

Beigeschmack von Traurigkeit und Ungewissheit, Angst und Enttäuschung legte sich auf die Freude, ein besonderes Tanzereignis zu erleben, mit einem besonderen Tänzer, mit einem Tänzer, der ihr vor ein paar Tagen das Herz gebrochen hatte.

Sie legte sich etliche Sätze zurecht, verwarf diesen oder jenen Gedanken und beschloss letztendlich, ihr Herz sprechen zu lassen. Die zu sein, die sie war. Das zu sagen, was sie fühlte. „Ja, so werde ich es gut über die Runden bringen", sprach sie sich Mut zu. Sie war gespannt, dem Mann in die Augen zu schauen, der soviel Hoffnung und Liebe in ihr geweckt hatte und der sein Herz wieder verschloss, noch bevor die Blume richtig erblühte.

Als Mona vor ihm stand, spürte sie ihre Knie weich werden und ihr Herz klopfte schneller als gewohnt.

Seine unterkühlte Begrüßung und distanzierte Haltung trugen keineswegs zu einer Stimmungsaufhellung bei. Als sie ihre Getränke an den Bistrotisch holten und sich gegenüber standen, schaute ihm Mona unausweichlich in die Augen und redete in einem eher beherrschten Tonfall:

„Julius, bevor wir zu tanzen anfangen, möchte ich gerne noch mit dir reden. Es ist mir nicht leicht gefallen, hierher zu kommen, aber ich möchte meinen Frieden mit dir". Er nickte zustimmend.

Mona setzte fort: „Mit deiner Entscheidung hast du mich sehr verletzt und ich bin von ganz oben nach ganz unten gestürzt. Es ist, als ob man mir einen Teil meines Herzens herausgerissen hätte und ich kann so vieles nicht verstehen".

Julius stand regungslos da und erwiderte: „Es tut mir so leid, Mona, ich wollte dich nicht verletzen". „Ja, aber du hast es getan. Ich versuche, die Entscheidung zu akzeptieren, aber verstehen kann ich sie nicht.

Beantworte mir eine Frage: „Hast du die Entscheidung aus deinem Verstand heraus oder mit deinem Herzen getroffen?" Julius überlegte kurz und meinte: „aus meinem Herzen, Mona, denn so was kann man nicht mit dem Verstand beschließen". Diese Antwort traf sie wie ein Pfeil. Es tat so weh und sie wollte tapfer sein. „War dann alles, was zwischen uns passierte eine Lüge? Sag, war alles nur Einbildung, eine Täuschung? Wem kann ich überhaupt noch vertrauen?" Mona war außer sich und rang um ihre Beherrschung. „Nein, es war keine Lüge – Mona, glaub mir, es war keine Lüge", beteuerte Julius. Doch sie schüttelte nur verständnislos den Kopf, senkte den Blick und versuchte ruhig weiterzuatmen, in ihrer Mitte zu bleiben. Ihr war wirklich nicht mehr nach „die Nacht wird zum Tango" zumute. „Und jetzt", setzte sie mit leicht flatteriger Stimme an, „jetzt tun wir so, als ob nichts geschehen wäre? Wir tun so, als hätten wir uns nie geküsst, als hätten wir uns nie berührt, als hätten sich unsere Herzen nicht füreinander geöffnet und unsere Seelen erkannt.

Das alles war nur ein Traum und wir gehen einfach zur Tagesordnung über und tanzen Tango Argentino. Ist das nicht eine Farce?"

„Wir versuchen es zumindest", lenkte Julius beschwichtigend ein. „Komm, wir gehen mal in den Ballsaal, suchen unseren Platz und schauen, wie es wird".

Das festliche Ambiente, die schön gekleideten Menschen, das „Orquesta tipica silencio" bereits mitten im Tangospiel, all das lief wie im Film neben und vor ihr ab.

Selbst die atemberaubende Showeinlage der hervorragendsten Tanzpaare in der Tangoszene „Hernan Toledo y Anita Fiterna", sowie Martha Giorgi y Mauro Valla" konnten Mona nicht aus ihrer Lethargie reißen .... Sie wollte nur eins: nach Hause und sich ihrem Schmerz hingeben.

Sie brauchte jetzt einen Menschen, der sie umarmte und tröstete. Andererseits wollte sie nicht davonlaufen, das Ganze durchstehen mit dem Gefühl, ich hab's geschafft. Aber was sollte sie geschafft haben? Dass sie ihm keine Szene machte, obwohl ihr danach zumute war? Dass sie nicht in Tränen ausbrach, obwohl sie unentwegt dagegen ankämpfte? Dass sie eher kein

Verständnis für seine Situation aufbrachte, denn er hätte es erst gar nicht so weit kommen lassen dürfen. Die Saat aussäen und dann im Keim ersticken.

Der Tanz mit Julius war jetzt ein anderer Tanz und die Versuchung, ihn einfach mitten auf der Tanzfläche stehen zu lassen, war groß.

Ihn genauso stehen lassen, wie er sie stehen ließ, als er auch noch mit anderen Frauen tanzte, war sie nahe daran, dem ganzen ein Ende zu setzen. Sie flüchtete in die untere Etage, trank Capuccino, aß ein paar Snacks dazu und unterhielt sich ziemlich zerstreut mit dem freundlichen Barkeeper.

Ein Anruf bei ihrer Freundin Verena brachte sie wieder einigermaßen ins Gleichgewicht und sie beschloss, die nächsten Tänze zu genießen, so zu tun, als sei er einfach irgendein Tänzer, mit dem sie besonders gut tanzen kann.

Das Leben ist eine Bühne und ihr fiel der Ausspruch von Ramòn Requeira ein: *„Der Tango sagt nicht: Ich liebe dich. Er sagt: lass mich nicht allein. Tanz mit mir oder gegen mich"*.

Kurz vor Mitternacht brachen Julius und Mona auf. Sie wollte ihren Zug nicht verpassen und er hatte am nächsten Tag sein wichtiges Meeting im Geschäft.

Durch Wind- und Schneegestöber, - selbst die Götter weinten-, eilten sie zu seinem Auto, waren kurz darauf am Bahnhofsplatz und Mona fragte zum Abschied: „und wie geht es weiter? Bleiben wir in Kontakt und tanzen ab und zu miteinander? „Ja, wenn es dir nichts ausmacht", antwortete er, „ich tanze gerne mit dir".

„Ja dann, …Vielen Dank und mach's gut" murmelte sie und küsste ihn flüchtig auf die Wange. Sie ließ die Tür mit einem kräftigen Ruck ins Schloss fallen. Als sie zurückblickte wünschte sie sich, dass er doch noch aus dem Wagen springt und ruft: „halt Mona, es war ein Irrtum, bleib bei mir …. geh' nicht". Doch er war bereits im Begriff, loszufahren, zu flüchten vor ihr ….. Mona war froh, dass der Zug bereits auf sie wartete.

Auf dem Heimweg war ihr allerdings bereits klar, dass sie vorerst nicht mehr mit ihm tanzen möchte und die Vereinbarung ab sofort keine Gültigkeit mehr hatte. „So was wie heute stehe ich nicht noch einmal durch" und sie sinnierte über den Begriff „bedingungslose Liebe", was ja bedeutet, dass du den anderen liebst, auch wenn er dich verletzt, auch wenn er dich verlässt, auch wenn er nie mehr was von dir wissen will, auch wenn er Entscheidungen trifft, die du nicht nachvollziehen kannst…..

„Ich glaube, ich kann das nicht", dachte sie weiter, während der Zug durch die Nacht ratterte, „zumindest jetzt noch nicht". Zuhause angekommen setzte sie die Serie ihrer schlaflosen Nächte fort.

Die letzte SMS an Julius:

„Sag, warum hast du mir so wehgetan? Ich wünschte, wir wären uns nie begegnet, dann wäre ich ohne diesen Schmerz und könnte endlich wieder schlafen. "

Ihr fielen folgende Worte dazu ein:

Ich wünschte, wir wären uns nie begegnet,

ich wünschte, wir hätten uns nie geküsst,

ich wünschte, wir hätten nie den Tanz getanzt,

der nichts mehr so sein ließ, wie es war,

ich wünschte der Tanz würde nie enden,

dann hätte alles einen Sinn….

12) Loslassen

Mona saß mit ihrem langjährigen Freund Arno (für sie war er ihr Lebensretter, doch das war ihrer beider Geheimnis) zusammen bei Cafe, Aqua Minerale und „Cyprischen" Salat. Eben in jenem Cafe, wo sie sich mit Julius an dem besagten Sonntag zum Tee treffen wollte, um anschließend zur Tangolesson zu gehen. An dem Ort, wo ER seinen Tango Argentino bei Marcia, einer Argentinierin, lernt. Zufall??

Es war Arnos Vorschlag, da für ihn günstig gelegen und sie konnte einfach an einer Zwischenstation der Bahn aussteigen. Arno wusste viel von ihr und das letzte Mal, als sie zusammen saßen, vor einigen Monaten, weinte sie über den Tod ihres jüngsten Bruders.

Arno sagte damals zu ihr: „Mona, du musst trotzdem dein Leben leben. Die Trauer hat ihren Platz, aber du musst weiterleben"! Heute weinte sie noch mehr, denn ihr war, als ob sie selbst innerlich gestorben wäre. Wie kann sie jemals wieder sich selbst, ihrer Wahrnehmung, ihren Gefühlen trauen oder dem eines anderen?

Arno hörte aufmerksam Monas Erzählung über diese kurze, aber heftige Liebesgeschichte an und war tief betroffen, das sah sie seinen Augen an, die flackernde Bewegungen ausführten. Er konnte nur eins – ihre feuchtkalten Hände in seinen warmen halten….. er hielt sie so lange, bis er das Gefühl hatte, sie hat sich beruhigt, es wird wieder gut.

„Ich habe dabei, das weiß ich schon, auch etwas gelernt. Ich konnte wieder den Schmerz und die Freude fühlen, so intensiv wie lange nicht mehr. Eine Mauer ist eingestürzt, ich war total bereit, mich auf einen Menschen einzulassen. Ich möchte verzeihen können, ihm und mir selbst", meinte sie, bevor beide wieder ihre eigenen Wege gingen.

Mona war ein wenig getröstet und umarmte Arno zum Abschied herzlich. Sie flüsterte ihm ins Ohr: „danke für alles".

Als sie erschöpft im Mitternachtszug zurückfuhr, kündigte ihr Mobiltelefon mit einem leisen Summton eine SMS an, eine Nachricht, die sie tief berührte:

„Mona, dir zu begegnen ist ein großes Geschenk. Danke für dein Vertrauen. Du bist für mich ein besonderer Mensch und eine wunderbare Frau. Dein A."

„Ja, ja – das bin ich wohl – ich bin es wert, geliebt zu werden", dachte sie. Doch schob sich da nicht ein leiser Zweifel in diese Erkenntnis?

Rosenstolz's der „Moment" Song kam ihr wieder in den Sinn:

„Vielleicht war's einfach nicht die rechte Zeit für uns. Mag sein ich finde bald zu mir zurück. Und was mir bleibt ist dein Gesicht und das Gefühl geteilt zu sein. Werd' ich dich jemals wiederseh'n, jemals wiederspür'n ….. oder – war – es – nur der Moment??"

„Ja, zu mir zurückfinden, das möchte ich", wünscht sich Mona.

„Im Grunde will doch jeder Mensch nur eins:

Lieben und sich lieben lassen.

So einfach und wird doch immer so kompliziert gelebt.

Ich möchte das Leben durchwandern und vor nichts ausweichen".

Sie wusste jetzt schon, dass sie IHN sehr vermissen wird – ihren Tangotänzer.

…… doch der Tango Argentino bleibt !!

13) Wie viel Zeit inzwischen wohl vergangen ist?

Julius hatte sich aus der öffentlichen Tangoszene völlig zurückgezogen. Nur zur Tangolesson bei Marcia ging er nach wie vor regelmäßig hin. Inzwischen hatte er sogar eine feste Tanzpartnerin, die ihm allerdings des Öfteren zu verstehen gab, dass da doch mehr zwischen ihnen sein könnte, als nur das Tangotanzen. Doch jedes Mal, wenn er sich von Carina zu einer Aktivität außerhalb des Tangos überreden ließ, dachte er, ...musste er zwangsläufig an Mona denken. Sie hatte sich tief in sein Herz eingegraben. Zuweilen, wenn seine Tochter Sarah unterwegs war oder schlief und er alleine in der Küche bei einem Glas Rotwein saß und den Rauch seiner selbst gedrehten Zigarette gedankenverloren einsog, griff er nach dem Telefonhörer, wählte Monas Nummer, hörte manchmal ihre Stimme auf dem AB oder in natura, und legte wieder auf....
Die letzte SMS von ihr war ja eindeutig: „ich wünschte wir wären uns nie begegnet".
Er hat ihr sehr wehgetan und letztendlich auch sich selbst, denn noch nie fühlte er so wie bei ihr, noch nie erlebte er diese Geborgenheit und Wärme. Trotzdem hat er die Tür, die so weit offen war, wieder zugeknallt, ...ja, zugeknallt, das war schon der treffende Ausdruck. Vor was hatte er Angst?

Julius verdrängte den Schmerz und die Gedanken an Mona. Er lebte sein Leben weiter wie bisher, als ob nie etwas geschehen wäre. Die Scheidung von seiner Frau ging erstaunlicherweise reibungsloser über die Bühne, als erwartet. Und er war endlich frei. Frei und doch mit einer undefinierbaren Sehnsucht im Herzen.

Carina überraschte ihn eines Morgens in seinem Büro mit zwei Eintrittskarten zum „Herbstfestival des Tango". Da konnte er schlecht nein sagen. „O.k., du hast gewonnen", meinte er schmunzelnd. Und sein Grübchen kam seit langem wieder zum Vorschein. Carina sah sich schon nahe an ihrem Ziel. „Er ist attraktiv, ein toller Mensch, tanzt wunderbar, ein erfolgreicher Geschäftsmann. Genau das, was ich mir von einem Mann so vorstelle", dachte sie insgeheim, als sie siegesgewiss aus seinem Büro rauschte.

„Sie ist ja schon eine bemerkenswerte Frau und weiß, was sie will", sinnierte Julius in diesem Moment. „Außerdem sieht sie fantastisch aus, das Alter passt auch ……. Ich lass es jetzt mal drauf ankommen".

Das Tangofestival fand wieder an jenem Ort statt, an dem er mit Mona die schwierige Aussprache erlebte, den letzten Tango tanzte. Als Julius mit Carina im Foyer stand, überkam ihn eine heftige Sehnsucht. Er spürte einen Druck in der Magengegend, fing sich aber gleich wieder, als Carina sich energisch unter seinem Arm einhakte und mit ihm durch's Foyer nach oben in den glamourös dekorierten Ballsaal ging.

Schon bei den ersten Klängen forderte Julius seine schöne Begleiterin auf und er genoss den Tanz und das Zusammenspiel mit ihr. Carina verringerte die Distanz merklich und ihre Gesichter waren dicht voreinander, so dass der andere nur noch schemenhaft zu sehen war.

Julius fühlte sich wie gefangen in dieser für ihn viel zu intimen Annäherung. Durch ein paar geschickte Führungsimpulse stellte er den für ihn passenden Abstand wieder her.

Die Tanzbegeisterten füllten das Parkett und es wurde immer schwieriger für die Paare, den nötigen Raum für ihre individuelle Tanzchoreographie einzunehmen.

In einem unbedachten Moment stieß Julius versehentlich mit seinem Ellbogen an ein vorbeitanzendes Paar. Als er sich umdrehte und entschuldigte, erkannte er ..... ja, es war sie ...... MONA, die sich aber bereits wieder mit ihrem gut aussehenden Begleiter unter die Menge mischte und mit einem erstaunten Lächeln die Entschuldigung annahm.

„Mein Gott, sie sieht ja umwerfend aus", schoss es durch Julius Kopf und er konnte seinen Blick nicht von ihr lassen. Carina riss ihn aus seiner Versunkenheit und meinte: „na, was ist........

Kennst du sie??" Julius sah doppelte Fragezeichen in ihren Augen aufblinken. Seltsamerweise verspürte er absolut keine Lust für eine Erklärung und meinte nur: „wie wär's mit einem Drink und einer kleinen Verschnaufpause?" „Das hört sich gut an", erwiderte Carina und wollte die Gelegenheit ergreifen, ihn diskret auf ihr Ziel hin zu lenken. Doch Julius hörte eher unkonzentriert, wenn nicht sogar uninteressiert zu und konterte irgendwann, „du Carina, heute wollen wir einfach das Tanzen genießen und keine Grundsatzdiskussionen führen, o.k.?" „Entschuldige, ich wollte dir den Abend nicht verderben", antwortete sie leicht enttäuscht.

Mona war mit ihrem Geliebten Victor auf dem Fest. Demselben, der beim Tanztee in der Villa dabei war, als sie Julius kennen lernte. Victor war das Beste, was ihr über den Weg laufen konnte und wie Balsam auf ihr verletztes Gemüt. Als sie Julius mit seiner Tanzpartnerin entdeckte, wurden ihre Knie weich, so wie damals, als sie sich zum letzten Mal an diesem Ort sahen. Mona glaubte, dass sie die Geschichte mit Julius überwunden hatte und beschloss, nach langer Zeit mal wieder auf eine größere Veranstaltung zu gehen.

„Was wäre, wenn…." Immer wieder stellte sie sich die Situation in ihrer Fantasie vor. Jetzt hatte sie ihn entdeckt und er sie……. und die Welt dreht sich immer noch …. Und die Menschen tanzen immer noch den Tango. „Schließlich habe ich den charmantesten Begleiter, den es gibt", stellte Mona für sich zufrieden fest.

Victor war nicht nur einer der attraktivsten Tänzer, sondern ein inzwischen guter obendrein. Und er war ihr Geliebter.

Trotz des Altersunterschiedes lief die Beziehung gut, besser als sie es sich eingestehen wollte.

Sie waren wie Feuer und Wasser, wie Feininger und Kandinsky, und genau diese Gegensätze hielten ihre Verbindung lebendig.

Victor erkannte Julius natürlich sofort. Seine Intuition war sehr ausgeprägt. Mona erzählte ihm damals die dramatische Geschichte und er verstand sowieso nicht, warum ein Mann so eine wunderbare Frau stehen lässt, ohne irgendeinen triftigen Grund. Aber umso besser für ihn. Er führte Mona gentlemanlike an die Bar, bestellte zwei Gläser Champagner, er wusste, dass er Mona mit großzügigen Gesten total überraschen und beglücken konnte. Mona war über Victor's Einladung gerührt und ließ ihr Glas leise an seinem klingen....

Sie bedankte sich mit einem zärtlichen Kuss bei ihm und spürte genau in diesem Moment, dass sie beobachtet wurden. Sie drehte ihren Kopf langsam in die andere Richtung, sah Julius im Türrahmen stehen und wie er sie anstarrte, regelrecht anstarrte.

Wie eine Statue, die sich bewegen möchte, aber nicht kann – so stand er da.

„Du Victor, entschuldige mich kurz, bin gleich wieder da". Noch bevor sie die Antwort des leicht irritierten Victors hörte, bewegte sie sich wie magisch angezogen auf Julius zu.

Eine kleine Distanz einhaltend, blieb sie vor ihm stehen, spürte ihr Herz ein paar Takte schneller schlagen, atmete unmerklich durch, bevor sie mit leicht belegter Stimme „Hallo Julius" sagte.

„Hallo Mona, schön dich zu sehen". Ein durchdringender fragender Blick traf ihren, dem sie länger standhielt, als gewollt. Diesmal forderte sie ihn nicht auf, so wie beim ersten Mal. Sie wartete, denn er war an der Reihe, auf sie zuzukommen, sie aufzufordern.

„Willst du mit mir tanzen?", fragte Julius spontan, um zu verhindern, dass sie auf den Absatz kehrt macht und für immer dahinschwindet.

Mona wartete, zögerte …..

„Du weißt", antwortete sie endlich, „dass nichts mehr so ist, wie vorher". „Ich weiß", entgegnete er mit einem leichten Kopfnicken, umfasste sanft ihren Arm und führte sie auf die Tanzfläche. Als die viel umjubelte Live Band „El Corazon" auch noch Monas Lieblingslied „Soledad" anstimmte, wurde es ihr abwechselnd heiß und kalt. Aber inzwischen glaubte sie nicht mehr an Wunder oder Schicksal….

Julius nahm ihre linke Hand in seine, umfasste mit der anderen ihren Rücken und führte sie in seiner gewohnten, ihr vertrauten Art. Als ob es gestern erst gewesen wäre, dass sie im Einklang ihrer Seelen das Ineinanderspiel zweier Menschen entdeckten.

„Ich wünschte, der Tanz würde niemals enden, dann hätte alles einen Sinn", der Satz fiel Mona in diesem Moment wieder ein.

„Ob wir wohl noch mal von vorne beginnen könnten?", flüsterte Julius ihr ins Ohr und zog sie dabei näher zu sich heran. Mona war unfähig, auch nur irgendein Wort zu erwidern. Sie wollte nur noch mit ihm diesen Tango Argentino genießen….

Sie wollte IHN wieder spür'n, IHN wieder seh'n – nicht nur für diesen Moment.

„Wir werden sehen" war ihre kaum hörbare Antwort und sie lächelte ihn mit ihrem bezauberndsten Lächeln an, das er so sehr vermisste…

Lied an einen Tangotänzer:

„Tanz den Tango mit mir fremder Mann,

tanz den Tango mit mir fremder Mann

und lache, wein' nicht dazu.

Zeig mir die Schritte und führ' mich dazu,

zeig mir die Schritte und führ' mich dazu,

ich fühl es, fühlst es auch du?

Deine Augen sie halten die anderen fest,

deine Augen sie halten die anderen fest,

du führst mich und siehst nur sie...

Refrain:

Tanz den Tango mit mir fremder Mann,

halt mich fest und schau mich an fremder Mann,

sonst ist der Augenblick verlor'n,

der Tango will neu geboren sein.

Ich tanz den Tango mit dir fremder Mann,

mein Herz schlägt für dich in diesem Moment,

fühlst du es?

Ich geb' mich dir hin für den Tanz,

für den einen Tanz....."

Über die Autorin:

Das Abenteuer Liebe macht selbst vor reiferen Frauen keinen Halt. Inspiriert von ihren Erlebnissen aus der Tangoszene erzählt uns die Autorin eine faszinierende Liebesgeschichte.